livaneli

BALIKÇI VE OĞLU

İNKILÂP 94. yıl

Ömer Zülfü Livaneli (1946, Ilgın)

Öğrenim hayatına Ankara Maarif Koleji'nde başlayan Livaneli, ardından Stockholm'de felsefe ve müzik eğitimi aldı.

Hem Türkiye hem de dünya yazınına ve kültürel birikimine müzik, edebiyat, sinema gibi çeşitli mecralarda katkı koydu. Üretken yazarın romanları 40 dilde yayınlandı; İspanya, Kore ve Almanya'da çok satanlar listesine girdi. Son olarak *Serenad,* basının ve uluslararası kültür çevrelerinin yoğun ilgi gösterdiği bir organizasyonla Amerikalı okurlarıyla buluştu.

Zülfü Livaneli'nin romanları İtalya ve Fransa'da Yılın Kitabı Ödülü, ABD'de çeşitli edebiyat ödülleri, Balkan Edebiyat Ödülü; Türkiye'de Yunus Nadi Roman Ödülü, Orhan Kemal Roman Armağanı ve Beyaz Martı Onur Ödülü gibi ulusal ve uluslararası ölçekte pek çok saygın ödüle layık görüldü.

Columbia, Harvard, Princeton, Shangay, St. Petersburg, Kazan üniversiteleri gibi dünya çapında prestij taşıyan üniversitelerin yanı sıra, çeşitli Türk üniversitelerinde de konferanslar ve dersler veren usta edebiyatçının romanları, Missouri Southern State University (MSSU)'de ders kitabı olarak okutuldu.

Cengiz Aytmatov ev sahipliğinde Arthur Miller, Peter Ustinov, James Baldwin, Yaşar Kemal gibi 20. yüzyılın edebiyat dâhileri ve düşünürlerinin katılımıyla gerçekleşen Issık Göl Forumu'nda yer aldı.

Romanları kadar fikirleri ve müziği ile de dünya basınında övgülerle karşılanan bir sanatçı olan Livaneli edebiyat, müzik ve sinema alanlarında 30'dan fazla ulusal ve uluslararası ödül sahibi. Çalışmaları, dünya çapında yüz binlerce okur ve dinleyici tarafından takip ediliyor.

1972 yılında, dönemin politik atmosferi etkisinde, düşünceleri nedeniyle suçlanarak hapis ile cezalandırılan ve uzun yıllar sürgün hayatı yaşayan fikir-sanat işçisi Livaneli; Türk-Yunan ilişkilerinin zor dönemler yaşadığı 1980'li yıllarda Türk-Yunan Dostluk Derneği'nin kurucularından biri oldu. 1996-2016 yılları arasında UNESCO İyi Niyet Büyükelçisi olarak görev yaptı. 2002-2006 yıllarında ise milletvekili olarak TBMM'de yer aldı.

Türkiye müzik, kültür, fikir ve siyaset sahnesinde vazgeçilmez bir yeri olan Zülfü Livaneli, düşünsel ve edebi üretimine halen yaşadığı İstanbul'da devam etmekte.

www.livaneli.gen.tr
www.livaneli.net

Belki de balıkçı olmamalıydım, diye düşündü.
Ama bunun için doğmuşum ben.

Ernest Hemingway, *Yaşlı Adam ve Deniz*

Deniz henüz uykudaydı, kıpırdamıyordu, birazdan hafif bir yel onu uyandıracaktı. Tan atmadan esmeye başlayan yel, gecenin biriktirdiği nemle birlikte, balıkçının saatler boyu süren bacak ağrılarını da siler süpürürdü. Kalkmanın tam vaktiydi, deniz lacivertten garip bir beyazlığa dönüyordu. Gökyüzü, her gün yeni biçimler hazırlayarak insanları şaşırtmaya devam ederdi; bir bakardın mor, bir bakardın pembe, bir bakardın süt beyazı, ardından rengârenk hale gelir, denizin ayna yüzeyinde ışıl ışıl yansımaya başlardı.

Balıkçı, denizin uyanma vaktini hiç kaçırmamıştı. Her sabah üzerine güneş doğmadan kalkar, bir çay bardağı dolusu zeytinyağı içer, balıkçı barınağına doğru yola koyulurdu. Yıllardır değişmezdi bu durum. Kasabanın, yüz yaşını aşmış sağlıklı yaşlılarından öğrenmişti aç karnına zeytinyağı içmeyi. Zamanın, kendi bedenleri gibi yamru yumru kıldığı gövdelerine rağmen asırlardır meyve vermeye devam eden ağaçların zeytinini sıkan büyüklerden... Ege'nin sağlık sırrı buydu.

Barınağa vardığında gün daha da aydınlanmıştı ama toprak yolda kimse yoktu. Onun kadar erken çıkmıyordu kimse. Bu da konuşkan olmayan, yalnızlığı seven balıkçıya iyi geliyordu. Uzun boylu zayıf bir adamdı. Çökük avurtları, griye çalan ela gözleri, karmakarışık kumral saçları, yüzüne hiç aldırılmamış, özenilmemiş, düşünülmemiş bir yakışıklılık katıyordu. Bedeniyle çalışarak ekmeğini kazanan adamlara özgü; konfora alıştırdıkları gövdelerini fazla beslemekten orta yaşa geldiklerinde hatları yuvarlaklaşmış şehir adamlarına hiç benzemeyen, onlara biraz yabanıl, biraz erkeksi hatta biraz sert gelebilecek bir havası vardı. Kafalarında çok fazla konunun iç içe geçtiği, karmaşık ve müphem bir dünyayı, aşırı gelişmiş sezgileri ve kaygılarıyla anlamlandırmaya çalışan insanların böyle bir balıkçı köyünde yaşaması güçtü zaten. Hayat ağırdı burada, zordu, bedenini mecalsiz kılacak kadar zorlanmadan ayakta kalamazdın. Böyle bir hayat, köyün sadece kadınlarının, erkeklerinin değil, çocuklarının bile değişmez bir kabullenişini zorunlu kılardı.

Mustafa hiç kimseden bir şey istemezdi. Balığa çıkarken yem, olta, misina desteği isteyenlere de kızardı. İstediklerini verirdi ama asık suratla. *Ben işimi tam yapıyorsam herkes yapabilir* diye düşünürdü. Çocuklukta yanında çalıştığı eski ustası Tahsin Reis iyice güçten düşüp de emekli olunca, o güzel, güngörmüş, kıçtan takma motorlu kayığı Mustafa taksitle almış, hem çalışmış hem ödemişti. Yıpranmış, tutamakları kararmış küreklerde, yekede, misinadan çizilmiş küpeştelerde, motor çalışırken zangır zangır titreyen livar kapağında, otuz yıllık çalışmanın bıraktığı izler vardı. Ustasının ellerinin, kendi ellerinin izleri. Elleri, güneşten meşin gibi olmuş, güçlü, kendisinden bağımsız iki deniz canlısına benzerdi.

İpi çözüp kayığa atlarken her sabah yaptığı gibi yüksek sesle "haydi bismillah" dedi. Yıllardır ona hiçbir aksilik çıkarmadan hizmet eden motor tıkır tıkır çalışıverdi. Motorun körfeze yayılan tıkırtısı içini ferahlattı her zamanki gibi. Su durgundu, yollu kıvrak kayığı hiçbir engelle karşılaşmadan kayıveriyordu sakin denizde. Sabahın o saatinde öyle olacaktı elbette ama birazdan minik kıpırtılar başlayacak, güneş yükseldikçe deniz huysuzlaşarak kıpırtılarını büyütecek, öğleden sonra da kendini sevdiğine bin bir nazla teslim eden bir âşık gibi hırçın rüzgârlarla kabaracaktı.

Hep yanında taşıdığı küçük radyosunu açtı; yanık bir Ege türküsü duyuldu: *Deniz üstü köpürür hey canım rinna nay rinna rinna nay / Kayığa da binsem götürür hey canım hey...* Ona can yoldaşı olan ses, işini bitirip dönene kadar kesilmeyecekti. Daha doğrusu her gün öyle olduğu için kesilmeyeceğini sanıyordu. Bugün şansına, sadece Ege türküleri, zeybekler, ağıtlar, oyun havaları çalan radyodan, rahmetli babasının en sevdiği türkü çıkmıştı. *Benim de bu cihana gelişim hey canım rinna nay rinna rinna nay / Bir güzelden ötürü hey canım hey...* diye devam ediyordu bu eski türkü.

Hayatını denizlerin tükettiği yoksul bir balıkçıydı babası. Üstelik o zamanlar turistler yoktu henüz, balık hem boldu, hem de çok ucuzdu, tuttukları balık onları geçindirmeye yetmiyordu. Üç kuruşa gidiyordu. Şimdi pahalanmıştı balık; kalamar, ahtapot, midye, karides fiyatları el yakıyordu ama denizin bereketi de azalmıştı. Artık eskisi gibi iğne iğneye iskandil caba çekmiyorlardı çaparileri. Uzaklardan, başka denizlerden gelen sonarlı büyük tekneler denizin dibini kazıyordu. Kıyılara pahalı lokantalar açılmıştı, en taze balığı almak için yarışıyorlardı. O balıkları tutanlarsa ömür boyu adım atamazlardı oralara. El yakan fiyatlarla ne mümkün. *İstanbullular gelip, onların bir aylık kazancını bir akşam yemeğine veriyorlarmış,* öyle söyleniyordu. *Lüks otellerde bir kadeh içkiye veriyorlar o parayı* diyenler de vardı. Zaten köylülerin akılları, dışarda para verip balık yemeye ermezdi. Acayip gelirdi onlara bu. Lokantalar iyi müşteriydi ama bu bile ancak, ucu ucuna geçindiriyordu balıkçıları.

Mustafa, babasının ellerini hatırlardı hep. Kocaman, biçimsiz, sert, hışır hışır, neredeyse insanlıktan çıkmış ellerdi bunlar. Babasının elini tuttuğunda bir ağaca dokunmuş gibi gelirdi ona. Şimdi kendi elleri de babasınınkiler gibi olmuştu. Rahmetli sert bir adamdı, elinden cigara düşmezdi, akciğer kanserinden erken ölümüne de bu neden olmuştu zaten. Emektar sandalı borçlarına karşılık satılmıştı.

Motorun tıkırtıları körfezin uyuyan evlerine çarptı, öteki kıyılara uzandı. Üç günlük fırtına, denizi birbirine katmış, kıyıyı dövüp durmuştu ama şimdi derin bir dinginlik içindeydi. Kıyılarda tembel tembel sürüklenmekte olan çöplerden başka bir belirti kalmamıştı. Bunlar da kendi kendine temizlenir giderdi. Zaten o çöpler denize giren turistleri ilgilendirirdi, mecbur kalmadan suya girmeyen balıkçıları değil.

Geçen uzun yıllar, onu da sanki yosun gibi, balık gibi, kaya, kum, çakıl gibi denizin bir parçası yapmıştı. Denizle birlikte soluk alır; o hırçınsa hırçın, durgunsa durgun, hüzünlüyse hüzünlü olurdu. Genellikle sessiz bir adamdı zaten, çok gerekmedikçe konuşmazdı. Dudağında bir cigara, tek başına ağ onarırken, kayığı yıkarken ya da dalıp enginlere bakarken görülürdü. Diğer balıkçılar gibi kahveye gitmez, okey oynamaz, akşamları evinden başka yerde rakı içmezdi. Onu çocukluğundan beri tanıyan yaşlı balıkçılar, her zaman sakin bir insan olduğunu, ne var ki Deniz adını verdiği oğlu yedi yaşındayken boğulduktan sonra daha da içine kapandığını anlatırlardı. Bir gün oğluyla denize açılıp, onsuz geri geldikten sonra canlı cenazeye dönmüş, akşamdan sabaha ağlayıp duran, bağrını döven karısıyla bile konuşmaz olmuştu.

Sadece bir gece karısına kan çanağı gözlerle bakmış "Deniz Deniz'i aldı!" demişti. "Bir bildiği var belki de." Mesude onu suçluyor muydu acaba? Oğlumu niye kurtarmadı diye düşünüyor muydu? Kendisine bu konuda hiçbir şey söylememişti. Oğlunu kaybettikten sonra rengi bile değişmişti sanki genç kadının. Yüzü, bakışları, yeşil gözlerindeki ışıltı, her şey, her şey solmuştu. Ağlamadığı zamanlarda uzun süre su verilmemiş kuru bir çiçek gibi boynu bükük, dokunsan dağılacak gibi duruyordu. Karıkoca içlerine dehşet salan bu inanılmaz kayıptan sonra uzun süre birbirinin yüzüne bakamamıştı. Sanki anayla baba arasında; konuşmamaları, düşünmemeleri gereken, birbirlerine hatırlatmanın, ufacık bir duygu ifadesiyle bunu belli etmenin, çağrıştırmanın, hatta varoluşlarının bile suç haline geldiği, karşıdaki yüzü aralarına gerili bir perdenin arkasından izlemek zorunda kaldıkları, sadece günlük ve en gerekli konuşmalarla yetindikleri bir düzen oluşmuştu. Görünmez mayınlar döşenmişti evin içine, en ufak bir yanlışlıkta patlamalar kaçınılmazdı. O eşiği aşarlarsa bir daha geri dönüşü yoktu zaten.

Çocuğun cesedi bulunamamıştı. O kazanın olduğu fırtınalı günü düşünmemek, unutmak, oğluna ihanet etmek gibi geliyordu ona. Bu yüzden her akşam yastığa başını koyduğunda olayı en acı verici ayrıntısına kadar yeniden yaşıyor, tırnaklarıyla yarayı tekrar tekrar kanatıyordu. Yaşamak ayıpmış gibi geliyordu oğlundan sonra. Pişmanlık ilk günkü kadar tazeydi. Eğer en büyük günah olduğunu bilmese, kendini de boğardı o azgın sularda.

Pazar günü denize meraklı oğlunun onunla birlikte sabah erkenden kalkışı, gözlerinin içi gülen yedi yaşındaki çocuğun motor denize açılırken duyduğu sevinç, elini aşağı sarkıtıp minik parmaklarının suları yararak ilerleyişini izlemesi, "Baba baba, bana bak!" diye bağırması, babasının dikkatli ol demesi üzerine başını kaldırıp ona minnettar gözlerle bakışı, sonra gökyüzünü kara bulutların kaplaması, o serin rüzgâr, açık denizde çıkan fırtına, kayığın denizin ortasında bir ceviz kabuğu gibi sürüklenişi, yandan gelen bir dalgaya direnemeyerek alabora oluşu, ters dönen sandala yapışmış durumdayken, su dolan gözleriyle her yere baktığı halde oğlunu bir türlü göremeyişi, kabaran denize dalıp dalıp çıkmaları, denizin altını da karıştıran fırtınada saatlerce oğlunu araması, devrilmiş sandalın üstüne çıkarak umutsuzca çevreyi gözden geçirmesi, acaba bir ağa mı takıldı diyerek sudaki ağları araştırması, bir yandan *Allah'ım Allah'ım yardım et ne olur, hayır hayır* diye dua ederek çırpınması teker teker gözünün önüne gelirdi. Fırtına sırasında da fırtına dindikten sonra da hiç olmazsa cesedini bulayım diye günlerce dalmasına rağmen hiçbir iz bulamamıştı. Her denizaltı ağacının, her kayanın, her oyuntunun, her gizemli mağaranın içine bakmış, çeşit çeşit balık, ahtapot, irili ufaklı deniz canlısı görmüş, onlarla birlikte yüzmüş ama oğlunu görememişti.

Bugüne kadar ağzını açıp da bu konuda tek kelime ettiği duyulmamıştı. Zaten suskun bir adamdı ama oğlunun ölümünden sonra sanki edeceği her kelime, ağzından çıkacak her sözcük, oğlunun anısına saygısızlık olacakmış gibi iyice içine kapanmıştı. Kaplumbağa gibiydi. Karısıyla bile konuşmuyor, sessizce yemeğini yedikten sonra, erkenden yatıyordu.

Bazı geceler yaptıkları şeye "sevişmek" denemezdi. Yemeklerini sessizce yemelerine benzer biçimde, genç bedenlerinin bir ihtiyacını karşılıyorlardı. Sabah daha karısı uyurken kalkıp kayığına gidiyordu. Arkadaşları severdi onu, bu huylarına da alışmışlardı. Onun en yakın dostu cigaradır derler ve Allah kimsenin başına evlat acısı vermesin duasıyla tahtalara vururlardı.

Denizciler uğura ve uğursuzluğa çok inanır, çünkü o uçsuz bucaksız denizin onlara ne hazırladığı, hangi nimeti vereceği ya da vermeyeceği, hangi belalarla baş başa bırakacağı belli değildir. Denizciler suyun, yelin, bulutun, şimşeğin, dalganın çok güçlü, insanınsa aşırı derecede aciz olduğunu bilerek yaşadıkları için doğaya karşı kent insanlarından daha saygılıdırlar. Ayrıca deniz denilince şehirliler gibi suyun yüzünü değil, altındaki heyecan verici, zaman zaman bereket bazen de tehlike getiren bambaşka bir dünyayı düşünürler. Mitolojiyi bilmeyen, belki doğru dürüst okumayı bile sökemeyen en basit balıkçıda bile bir Poseidon duygusu bulunması bundandır. O koca deniz kimi zaman öfkelenir, kudurur, üç çatallı zıpkınıyla, önüne geçilmez bir güçle saldırır; kimi zamansa uysal bir sevgili olur, insanın yüzünü okşayan hafif tatlı meltemlerle, intikam dolu günlerini hafifletir, adeta özür diler. Bereketin de kaynağıdır, belanın da. Herkesin gördüğü mavilik, denizin devasa bedenini saklayan tenidir; esen yelle başlayan kıpırtılar ise uykudan uyanışıdır deryanın.

Mustafa ilk gençliğinde dalgıçlık yaptığı için deniz dibini iyi bilir. Kendilerine özgü bir ritimle ağır ağır dans eden bitkileri, suyun dışını bilmeyen ve herhalde suyun içinde yaşadıklarını da bilmeyen o tuhaf deniz dibi yaratıklarını iyi tanır. Onlar da Mustafa'yı tanırmış gibi gelir; hatta bir kaya kovuğunu mekân tutmuş iki kocaman orfoz balığını –zıpkınla vurmaya kıyamadığı için– her dalışında selamlar, sanki onlar da selamını alır Mustafa'nın. Belki alıştıkları için, kaçmazlar bile bu balıkçıdan.

Mustafa o iki orfozdan daha iri olanın adının Osman olduğuna karar vermişti nedense. Gençliğinde kahveye arkadaşlarıyla pişpirik oynamaya gittiğinde onlara, birinin adı Osman, ötekininkini bilmiyorum diyerek herkesi güldürür, sonra da niye güldüklerine şaşıp kalırdı. Kırk yılda bir ağzını açan içe dönük balıkçının şaka yapmadığını kimse anlayamıyordu. Zaten koruma altındaki balıklara kıyamıyordu o. Ciddi bir şey anlatıyordu. Kedilerin, köpeklerin adı vardı da zavallı balıkların niye olmasındı? Oğlunu kaybettikten sonra ne denize daldı, ne kahveye gitti. Osman'la yanındaki orfoza ne olduğunu da bilmiyor artık.

Deniz ekmek kapısı, deniz hayat, deniz sevgili, deniz zalim, deniz suskun, deniz sevecen, deniz öfkeli. Bazen acından öldürür balıkçıyı, bazen de verdikçe verir. Deniz her olta sallayana, her ağ atana teslim etmez kendini. Her balığın mevsimini, yerini, geçiş noktalarını, oltasını, yemini, ağını, tutma tekniğini bileceksin tabii. Bazen, sandalla gezdirdiği meraklı adam gibi acemi şansı tutar ve karnından oltaya takılmış kocaman, kırmızı bir kırlangıç balığı da düşer tekneye ama böyle bir şans çok ender gelir.

Bazı turistler tekneyle balığa çıkma heyecanını yaşamak ister, iyi de para öderler. Onların halinden tavrından niyetlerinin balık tutmak değil heyecan duymak olduğu hemen anlaşılır zaten. Ekmek parasına muhtaç değillerdir. Çoğu iyi insandır bunların ama bazıları çok çalçene çıkar, manasız sorularıyla canını sıkarlar balıkçıların. Sanki bir ömür boyu edinilecek balıkçılık bilgilerini bir gezide anlamak mümkünmüş gibi sorar da sorarlar. Oltalarına bir balık takılınca da heyecanlanıp ayağa fırlar, sandalı devirecek gibi sallamaya başlarlar. Mustafa onları gezdirip durur, kendi taşlarına, gizli balık kaynaklarına götürmez tabii. Artık şansa ne gelirse.

Son zamanlarda körfezi mahvetmeye başlayan balık çiftliklerinin yakınlarında çok balık olur. Ya ağdan kaçan balıklardır bunlar ya da yem aramak için gelen büyük balıklar. Bazıları da yem arayayım derken ağlara dolanarak çıkamaz ve kendi yem olur. Mustafa acır bu balıklara, zamanında görürse, durum uygunsa dalıp kurtarır onları. Hele yunus ise. Yunusları kardeşi gibi sever Mustafa. Onların dostudur, arkadaşıdır, konuşmadan anlaştıklarını düşünür. Bazen turist gezdirirken o güçlü yunus bedenlerinin sandalın yanında yöresinde lacivert lacivert atlayıp zıplamaları, oynaşmaları herkesi hayran bırakır. O zaman turistlerin verdiği bahşiş artar işte, hele bir de fotoğraf çektirebilirlerse.

Bir gün meraklı bir turistin, elindeki kitabı gösterip bunu okudun mu diye sorması acı acı güldürmüştü Mustafa'yı. "Kitap kim biz kim bey, anca ekmeğimizi çıkarıyoruz işte" diye cevap verdi, kitaba acayip bir nesne gibi bakarak. Ama turist ısrar etti:

"Bu kitap da senin gibi bir balıkçıyı anlatıyor. Amerikalı bir yazarın romanı. Buralarda kılıç var mı, avlar mısınız?"

"Tabii" dedi Mustafa, "denizden ne çıkarsa, Allah ne kısmet ederse, nasip."

"Bak" dedi turist, "buradaki balıkçı senin gibi genç değil, yaşlı bir adam. Bir gün çok ama çok büyük bir kılıç balığı zokayı yutuyor, başlıyor kayığı çekmeye. Anla, o kadar büyük yani, günlerce gecelerce sürüklüyor, ihtiyar adamın elleri yara bere içinde kalıyor. Aç biilaç dayanıyor. En sonunda balık yoruluyor, adam koca balığı zıpkınla öldürüyor, kayığa alamayacağı için yanına bağlıyor iple, sonra dönüşe geçiyor ama dönerken ne oluyor dersin?"

Mustafa ters ters, "Bu adam iyi bir balıkçı değilmiş" diye söylendi, "Sevmedim onu".

Turist şaşırdı ama "Dinle" dedi, "esas heyecanlı yerine geldik, dönüşte köpek balıkları çıkıyor, başlıyorlar o koca balığı yemeye..."

Mustafa "Bırak bey bırak" diye araya girdi. "Adamı sevmedim işte, bana uymaz, iyi bir balıkçı değilmiş."

Sonunda Mustafa'nın inadını kıramayan turist, o balıkçıyı niye sevmediğini sormayı akıl edebildi. Mustafa dedi ki "Madem o kılıç o kadar harika bir balıkmış, madem günler geceler boyu can teslim etmemek için savaşmış, o balıkçı da oltayı kesiverip, *hadi aslanım yaşamayı hak ettin, helal olsun sana bu denizler* demeliydi. Bazen koca bir balık yakalarsın beyim, tam sandala çekerken göz göze gelirsin mübarek hayvanla, sana öyle acıklı bakar ki kıyamazsın, denize salarsın gerisin geriye."

Çoğu balıkçı serdiği ağlar kopup da gidince onu çıkarmakla uğraşmaz, yenisini alır ama bu plastik ağlar dipteki kayalara sarılır, denizi, balığı mahveder. Bu yüzden Mustafa dalar, başkalarının bıraktığı dolanmış ağları bile çıkarır, diğer balıkçıların yüzüne de sitemle bakar. Mustafa bu plastik ağların olmadığı eski zamanı hatırlar, onu daha çok sever. Herkesin, ağını efendice çektiği, sonra kıyıda ayak başparmağını bir deliğe sokup iyice gererek tamir ettiği ip ağları ve onların deniz deniz kokuşunu unutamaz.

Mevsimine göre levrek gelir, mezgit gelir, lambukalar güçlü bedenleriyle olta tutan elini sarsar, mercanlar parıldar, balıkların kraliçesi barbunyalar ıslak pullarında oynaşan pembelikleriyle balıkçıyı her seferinde hayrete düşürür. *Kusura bakmayın kardeşler* der onlara, *tabiat kanunu böyle yazılmış, sizi avlıyorum ama siz de öteki balıkları avlıyorsunuz, dünyanın düzeni böyle*. Büyük balıkların canavar gibi açtıkları ağızlarıyla yüzlerce küçük balığı silip süpürdüğünü çok görmüştür Mustafa. Minikler canlarını kurtarmak için sürüler halinde kaçışır ama başaramazlar bunu.

Öteki balıkçılar kıyıya dönerken sandalında Mustafa'nın kendi kendine konuştuğunu düşünürler. Oysa o balıklarıyla konuşmaktadır. Denizi gözleye gözleye onunla bir olmuştur sanki. Karada ne varsa denizde de aynı şeylerin yaşandığına inanır.

Son zamanlarda denizlerin değiştiğini fark ediyordu Mustafa. Ta dedeleri zamanından bildikleri balıkların yanı sıra adını duymadıkları, şeklini görmedikleri acayip acayip balıklar türemeye başlamıştı. Bunlardan birine balon balığı dendiğini ve yiyeni öldürdüğünü öğrenmişti bütün balıkçılar. Ama daha önce hiç rastlamadıkları aslan balığını güzel bulurlardı; eti sıkıydı, lezzetliydi. *Yalnız dikenleri zehirlidir, tutarken, temizlerken el değdirmemeye dikkat edilmeli* derlerdi. *Bu balıklar da nereden çıktı, ne dedemiz bilirdi, ne babamız* diye merak eden balıkçılar çeşitli söylentilerle karşılaştılar. Kimi diyordu ki *denizler ısındı ya gari, işte ondan olupduru bu acayip balıklar, kimi yabancı gemiler sintine basarlar ya oradan yumurtaları yayılıvermiş* diyordu.

Sonunda şehirdeki üniversiteden Su Ürünleri Bölümü'nün hocası gelip hepsini topladı. "Arkadaşlar" dedi, "bunlar istilacı balıklardır, mücadele edilmezse bizim denizlerdeki türleri bitirir. Süveyş kanalı açılınca Hint Okyanusu'nun balık çeşitleri Akdeniz'e kadar gelmişti zaten. Koloniler halinde arttılar. Kızıldeniz'e mal taşıyan büyük gemiler de dönüş yolunda ağırlık yapsın diye su alıp, buralardan geçerken basıyorlar. O da bir etken. Balık yumurtaları bizim sulara karışıyor."

Gözlüklü, çenesinde keçisakalı olan hoca her ay gelir, balıkçılara dersler verirdi. Su Ürünleri Fakültesi'nin görevlendirdiği iyi bir adamdı. Âlimdi. Onların tanıdığı her balığın asıl isimlerini söyleyiverirdi. Yabancı dildeydi bu isimler, akıllarında tutmalarına imkân yoktu, dilleri dönmezdi.

Hocanın anlattığı konu canlarını sıkmıştı. Ne kötü şeymiş bu diyerek birbirlerine baktılar. *Demek ki buraların ormanını kesip pıtrak gibi yazlık siteler yapan, otel diken, denizi dolduran, tepelerde maden arayan, dağları yaralayan şehirliler, denizimizi de elimizden alıyor* diye düşündüler. Babalarının, dedelerinin köyü korumak gibi bir dertleri olmamıştı hiç. Çünkü eski zamanlarda kimse ağaçlarına, havalarına, denizlerine zarar vermiyordu. Akıllarına bile gelmezdi böyle bir şey. Ne var ki artık dışarıdan gelen saldırganların, kendi doğalarını sahiplenerek, zarar verme çabalarını öfkeyle izliyorlardı. Kahvede her gün bu konu açılıyordu. Kimi diyordu ki:

"Tepedeki ormanı kesen şirket altın çıkaracakmış, hem de siyanür denen zehirle. Bu meret suyumuza karışıp hepimizi kanser edecekmiş."

Sonra hep bir ağızdan konuşuyorlardı:

"Buraların kendisi altın zaten, havası suyu altın."

"Dağları delmeye ne lüzum var?"

"Geçen kış dağdan inen sel var ya, hiç görülmüş müydü böyle bir şey?"

"Görülmemişti, hiç sel inmezdi buraya."

"Ağaçları kesti vicdansızlar, su gürrr diye akıveriyor aşağıya."

İyi ama burası kendi mülkleri, atadan dededen kalma köyleri değil miydi? Ne işi vardı o insanların burada. İstanbul'da bir yakını hasta olduğu için uçakla oraya gidip gelmiş bir balıkçı, "Havadan bakınca görseniz ağlarsınız valla" diyordu, "balık çiftlikleri kapalı koyları, bükleri mahvetmiş, yeşil yeşil, balçık gibi bir yer olmuş. O kadar ilacı, suni yemi basarsan olacağı bu."

"Açık denizde olmayacak mıydı bunlar yahu? Öyle dememişler miydi bize?"

"Dediler ama para her işi çözüyor işte. Dayıyorlar rüşveti, kanun manun sökmüyor."

"Madencilere de öyle."

"Ölmüşüz de ağlayanımız yok be. Bizim gibi fakir fukarayı kim dinler."

Mustafa, sayıları her gün artan bu dev çiftlikleri balık hapishaneleri gibi görür, mahkûm balıklara acırdı. Tuttukları balıklar hiç olmazsa deryada serbestçe gezip durmuş, kısmeti neyse onu yaşamıştı ama o garipler tıkış tıkış büyüdükleri balık mahpusundan doğru tavaya gidiyordu. Şimdi de bu balon işi çıkmıştı başlarına. En yakın tehlike buydu, ekmekleriyle oynuyordu canavar balık.

Küçüklükten beri Mustafa'nın da Mesude'nin de arkadaşı olan Sarı Yusuf demişti ki:

"Acayip bi şey bu balon dedikleri. Tenekeyi kemiriyor yahu, gözümle gördüm. Kola kutusunu parçalıyor."

Öteki balıkçılar da hep bir ağızdan, balonun ağları kestiğinden, denizde balık bırakmadığından, ağların bu zehirli balıkla dolu çıktığından yakındılar. Birisi: "Allah sizi inandırsın geçen gün dört yüz tane çektim bunlardan" dedi, "ne yapacağımı bilemedim. Çıkarıp yakayım mı, toprağa mı gömeyim?"

Uzman hoca, "Sakın yapmayın böyle bir şey" dedi, "o balıkları karaya çıkarmak yasak zaten, öldükten sonra kuyruklarını kesin yine denize atın. Toprağa gömerseniz başka canlılar eşeleyip yemeye çalışabilir."

O zaman balıkçıların aklına, ya denizdekiler diye bir soru takıldı, onlar yediğinde ne olacaktı. Bir de kuyruk işini anlamamışlardı. Niye kuyrukları keseceklerdi ki. Uzman hoca, "Çok yakında hükümet bir karar çıkaracak" dedi. "Balıkçılara kuyruk başına beş lira verilecek."

Balıkçılar yine birbirlerine baktılar. Dört yüz balık kuyruğunun kaç lira edeceği gibi hoş sorular belirdi kafalarında. Bu işten memnun kaldılar. Gerçi balon balığı hem kendilerine hem malzemelerine zarar veriyordu ama bu da fena para değildi doğrusu. Balıkçılar, tuttukları büyük kıymetli balıkları anlaşmaları olan lokantalara satarlardı. Küçükleri ise sahildeki kırmızı tablalarına koyarlardı, konu komşu ucuz ucuz alsın, götürüp yesin diye. Zaten kendileri de bunlardan yerlerdi. Ötekiler sosyete içindi.

Mustafa denizden dönüp kayığı bağlarken bazen esrimiş genç bir yalvaç, bazen neye kızacağı belli olmayan bir deli gibi dolaşan, belki de köydeki herkesin sevdiği tek kişi olan Ömer'in öfkeyle üstüne geldiğini gördü.

"Niye erken çıkıyorsun her gün?" diye azarlıyordu Ömer, balıkçıyı.

"Her zamanki gibi" dedi Mustafa. "Ben hep öyle çıkarım."

"Çıkma, bak kızarım sonra!" dedi Ömer sert bir sesle. Kaşlarını çatmıştı.

"Neden çıkmayayım Ömer, ne zararım var sana?"

"İncileri veremiyorum o zaman. Anam o kadar erken çıkmamı istemiyor. Hem o saatte keçiyi sağıyorum ben."

"Ne incileri?" diye sordu Mustafa.

Ömer'i görenlerin yüzüne bir gülümseme yerleşirdi. Kafası çok büyük, kolları kısa, elleri minicikti. Neredeyse elsiz kolsuz bir balık izlenimi uyandırıyordu. Zaten sürekli suyun altında yaşıyormuş gibi bakıyordu insanlara, o güzel ama ifadesiz gözleriyle. Akraba evliliği neden olmuştu buna, çok sevimli bir oğlandı. 16-17 yaşlarına gelmişti. Şiş göz kapaklarının altından tuhaf bakan gözleriyle, peltek diliyle "Çok ayıp, çok ayıp" diyerek başını iki yana salladı.

Mustafa keyifsizdi ama Ömer'le konuşmak her zamanki gibi hoşuna gidiyordu. Biraz efkârı dağılıyordu.

"Aklın nerde senin be?" diye bağırdı Ömer. "Sana kaç kere anlattım."

"Neyi anlattın Ömer?"

"Hani balığa çıkarken küçük inciler verecektim, sen de onları denize atacaktın. O inciler balıkların karnında büyüyecekti."

"Aaaa, kusura bakma Ömer, unutmuşum sahiden" dedi Mustafa. Oysa ne Ömer böyle bir şey söylemişti ne de o duymuştu. Yeni moda çıkarmıştı demek ki Ömer. Arada bir böyle tuhaf şeylere takardı. İnciden önce, her sabah muhtarın mührünü alıp alnına basmakla çok önemli bir iş yaptığına inanıyordu. Resmi adam oluyordu birdenbire, hükümet adamı. Önüne gelene alnını gösteriyor, "bak" diyordu, "ona göre"; sonra düdük çalar gibi bir ses çıkararak "Akıllı ol, yoksa karışmam haaa. Doğru hapse gidersin" diyordu.

"Arkadaşlara söyledin mi?"

"Tabii, her sabah bir avuç veriyorum onlara. Götürüp atıyorlar. Bir tek sen işe yaramazsın be."

"Vallahi unutmuşum kusura bakma Ömer."

"Senin yüzünden zengin olamıyoruz işte" diye bağırdı çocuk.

"Bak ne yapalım, erken çıktığım için belki seni göremem, sen bana şimdi ver o incileri, ben yarın atarım."

Ömer uzun süre o tuhaf gülüşüyle baktı ona. Sonra "Tamam" dedi, "şimdi getiriyorum." Sonra durup ciddi ciddi yüzüne baktı. "Bir yere kaçma ama" dedi.

"Yok" dedi Mustafa, "hiç kaçar mıyım?"

Ömer koşarak gitti; çok geçmeden elleri yaz kış çıkarmadığı yıpranmış ceketin cebinde, iki yana sallanarak geldi.

"Al" dedi.

Ceket ceplerinden bir avuç beyaz küçük çakıl taşı çıkardı.

"Al bunları."

"Tamam, sağ ol be Ömer..."

"Sabah denize at."

"Atarım."

"Unutma ama..."

"Unutmam."

"Büyük balıklara at!"

"Atarım Ömer merak etme." dedi. Çocuğun sevindiğini gördü.

Bazen *bu çocuktaki hayal gücü hiç kimsede yok* diye düşünürdü. Bir gün bakkaldan aldığı tuzu denize dökerken görülmüştü. Ne yaptığını soranlara, "denizin tuzu azaldığı için" eklediğini söylüyor sonra "Ben olmasam kimse bakmayacak buralara" diye sitem ediyordu. Harika bir çocuktu. Bazı günler, yan bahçede hayvan besleyen Seyit Efendi, turistleri gezdirmek için özenle süslediği, çanlarını, zillerini takarak, rengârenk örtülerle süslediği, alımlı devesine Ömer'i bindirirdi. Kıkır kıkır gülerdi çocuk.

Yeşil yosun, beyaz bulut, beyaz martı, mora çalan ıslak kayalar, karşıdaki mor dağlar, çıplak adalar... Henüz derin uykusundan uyanmamış denizde bir eli yekede, öteki elindeki cigarasından derin nefesler çekerek, artık kendi tapulu malı gibi gördüğü, diğer balıkçıların da sessiz bir anlaşmayla bunu kabul etmiş göründüğü sözüm ona gizli taşına kayarak gidiyordu ki, denizin her halini bilen gözleri, uzakta bir cisim gördü. Yüzen bir insan dese değildi çünkü çok açılmıştı; *kimse yüzmez bu kadar açıkta* diye düşündü, dümeni o cisme doğru kırdı, hızı biraz artırdı. Bazen şileplerden ağaç kütükleri düşerdi denize. Otomatiğe bağlamış motoryat kaptanları eğer dikkat etmezse, hele de gece karanlığıysa kütüğe bodoslama dalar ve *Allah korusun* batardı bile. Bu cisim de bir kütükse, gelen geçene zarar verebilirdi.

Hızlı motoruyla yaklaştıkça bunun kütük olmadığını anladı. İnsana benziyordu, yüzü suyun içindeydi, suyun hareketiyle sallanıp duruyordu. Birkaç metre daha yaklaşınca hiçbir kuşkusu kalmadı. Evet, bir kadındı bu. Koyu renk uzun saçları dalgalarla yayılan bir kadın, üstünde siyah bir elbise vardı, yüzü suyun içinde, iki kolu iki yanına açılmış, belli ki boğulmuş. Mustafa sandalı dikkatlice yanaştırdı, eliyle kadının omzundan tuttu, çevirdi. Yanılmamıştı, boğulmuş, yüzü hafifçe şişmiş ve morarmış esmer, genç bir kadındı bu. Mustafa büyük bir şaşkınlık içindeydi. Kimdi bu kadın, niye açık denizdeydi, bir gemiden mi düşmüştü acaba? Derken dün gece ortalığı birbirine katan fırtınayı hatırladı. Yunan adalarına geçmeye çalışırken sık sık alabora olan şişme botlardaki göçmenlerden biri olmalıydı. Kim bilir nerede batmıştı tekne, fırtına buralara kadar sürüklemiş olmalıydı. Zaten Kos, Kalimnos, Leros şuracıktaydı.

Kadını ne yapacağını düşündü. Orada öylece bırakamazdı mezarsız kalan oğlu gibi. İnsanlar ölünce toprağa gömülmeliydi, herkesin hakkıydı bu ama son zamanlarda haberlerde binlerce göçmenin mezarsız kaldığını, denizde yitip gittiğini okuyorlardı. En azından bu kadını mezarsız bırakmamalıydı. Pek kullanmadığı, acil durumlar için taşıdığı eski moda cep telefonunu çıkardı, baktı ki sinyal yok. Oralarda çekmiyordu. Kadını sandala almak zordu ama ufak tefek olduğu için bunu denemeye karar verdi. Yakınlarda bir kayalık, bir ada yoktu ki kadını bıraksın da dönüp sahil güvenliğe haber versin.

Sandaldan eğildi, kadını kollarının altından kavradı, çekmeye başladı. Ufak tefekti ama yine de suyla ağırlaşmış ölü gövde zor çekiliyordu. Uğraşa uğraşa, sarıldığı kadını yarı beline kadar sandala çekmeyi başardı, uzun ıslak saçlar yüzüne dolanıyordu. Üst tarafını sandala alınca kadını çekmek daha kolay oldu. Kadının başı livarın orada yana düşmüş, zayıf gövdesi sandalın tabanına kıvrılmıştı. Sandalda öylece yatarken daha da genç göründü gözüne, yirmili yaşlarında olmalıydı. İnce parmaklarına kadar her yeri morarmıştı. Mustafa alver eden yüreğini sakinleştirmek için cigaradan medet umdu. Ellerini kurulayıp bir cigara yaktı, dumanı efkârlı efkârlı içine çekerken yekeyi köye doğru kırdı. Bugün balık tutacak hali kalmamıştı zaten.

Dönüş yolunda kadının yüzüne bakıp durdu, nereli olduğunu anlamaya çalıştı. Suriye, Pakistan, Afganistan gibi yerlerden olmalıydı. Sonra, ölmüş olsa bile kadına öyle bakmanın günah olduğunu düşünüp, brandayı üstüne örttü. O bununla uğraşırken yekeyi bırakmıştı ama başını kaldırır kaldırmaz bir başka gövdeye çarpmak üzere olduğunu gördü, dümeni sert bir hareketle sağa kırdı. Sonra döndürüp yavaşça geldi. Bir insan daha vardı denizde. Bir erkek, kayığın yarattığı ufak dalgada sallanan, yüzü suyun içinde, kolları iki yana açılmış bir erkek. Mavi bir mont vardı sırtında, saçları koyu renkti. Mustafa onu da çevirdi ve kadın gibi yirmili yaşlarında olduğunu tahmin ettiği, aynı esmer tene, siyah kıvırcık saçlara sahip bir erkeğin morarmış yüzü belirdi. Belki de o kadının kocası, kardeşi ya da akrabasıydı. Ya da kader birliği yaptığı bir yurttaşı. *Bunu da sandala alamam artık* diye düşündü, *hem yer yok, hem ölü bile olsa iki gövdeyi üst üste koymak ayıp, günah. Ya adam kadının kocası değilse.* O zaman aklına bir şey geldi. Başaltından çıkardığı halatı adamın koltuk altlarından geçirip bağladı ve yola koyuldu. İp gerildi, ölü adam teknenin peşi sıra çekilmeye başlandı.

Belli ki bir göçmen botu daha alabora olmuştu yakınlarda. O halde denizde daha çok ceset olmalıydı. Eğer birkaç tanesine daha rastlarsa ne yapacağını düşündü. İşin içinden çıkamadı. Bir tek halatı daha vardı, bir de olta misinaları tabii. Belki onlarla bir iki kurbanı daha sahile götürebilirdi. Bir an misinanın insan ağırlığını çekip çekemeyeceğini düşündü. Sonra çekebileceğine karar verdi. Nihayet öbür ucunda canını kurtarmak için çırpınan kuvvetli bir balık olmayacaktı. Dümen suyunda sakin sakin sürüklenen bedenler bir zorluk yaratmazdı.

Böyle düşününce aklına geçen yaz teknesine binen turistin anlattığı balıkçı geldi. *Vay be* dedi, *hem ihtiyarmış, hem de kitabı yazılmış. Ben de onun gibi sahile taşıyorum ama balık değil insan, hem kimse bizim kitabımızı da yazmaz.* Daha önünde yapacağı işler vardı. Sahil güvenliğe ölüleri teslim etmek, ifade vermek, evrak imzalamak. Bugününden hayır yoktu.

Sahile doğru bir cenaze kayığı gibi usul usul, saygıyla giderken birden yunusları gördü, telaşlandı. Bu oyunbaz dostları her günkü şakalarını, sandalın altından girip öteki taraftan çıkmayı, kayığın yanında sıçrayarak su fışkırtmak gibi oyunlarını yaparlarsa ölüler rahatsız olacakmış gibi geldi. Ama hayret. Yunuslar bugün sakindi, sanki durumu anlamış gibi hiç oyun yapmıyorlar, kayığın ve arkadan sürüklenen ölü bedenin çevresinde dönüyorlardı. Berrak suyun içinde lacivert gövdeleri pırıl pırıl yanıyordu.

Mustafa, asıl arkadaşının, baba dediği büyük yunusun bütün heybetiyle yaklaşmakta olduğunu gördü. Baba yunus, çok yavaş geliyordu ve burnuyla renkli bir şey itiyordu. Mustafa motoru durdurdu, daha iyi görmek için ayağa kalktı. Yunus kırmızı, plastik cankurtaran simidine benzer bir şeyi ite ite sandalın yanına kadar getirdi ve o zaman Mustafa büyük bir şaşkınlığa düştü. Minik bir şişme botun içinde küçücük bir bebek vardı. Gözleri kapalı, yüzü morarmış, hareketsiz bir bebek. Bota bağlanmıştı. Mustafa'nın yüreği hızla atmaya başladı, soluğu sıklaştı, *Allah beni imtihan ediyor herhalde* diye düşündü. O anda yaşadığı olayı tam kavrayamadan, daha düşünmeye bile vakit bulamadan, hayatının değişmek üzere olduğu önsezisiyle sarsılan insanlar gibi, gündelik hayatın bir tansığa evrildiği duygusuyla eğilip bebeğin iplerini çözdü, minik gövdeyi kucağına aldı. O anda baba yunus dahil, bütün yunuslar, memelilere özgü bir temel içgüdünün zaferini kutlamak istermişçesine, şenlikli bir koreografiyle uzaklaşmaya başladılar. Mustafa, bebeği sandala bırakmak istedi ama yapamadı. O morarmış yüzü ısıtmak ister gibi yanağına götürdü. Güneşin altında fazla kalmamış olmalıydı ki yüzü yanıp kavrulmamıştı. Esmer bir bebekti o da. En fazla iki aylık olduğunu tahmin etti. Belki de sandala aldığı ölü kadının çocuğuydu, hatta belki de şu anda bir aile vardı sandalda ve arkasında. Bebeği bırakmadan motora gaz verdi, sahile dümen kırdı.

O sırada bir mucize oldu sanki; bebekten belli belirsiz, çok hafif bir inilti geldi. Dudakları kıpırdar gibi oldu. Mustafa'nın eli ayağına dolaştı ama maşrapayla temiz su alıp bebeğin dudaklarına sürmeyi başarabildi. Sonra temiz patiska mendilini çıkararak ona su emdirdi, bebeğin ağzına koyarak damla damla su vermeye başladı. Gözleri kapalı bebek mecalsiz, dermansız bir durumda hafifçe o bezi emmeye başladı. O kadar yavaştı ki bu hareket, dikkatsiz bakan birisi anlayamazdı. Mustafa bebeğin yüzünü yıkadı, denizin tuzunu temizledi. Kucağından hiç bırakmadan motoru son devire getirdi. Kayık sakin sularda süratlendi, Mustafa arkaya baktı. Sıkı sıkı bağladığı ölü beden de kayar gibi geliyordu, bir sıkıntı yoktu. Ayrıca bir şey olsa bile şu anda bebeğin hayatını kurtarmak daha önemliydi.

Ne yazık ki onu besleyecek bir şey yoktu sandalda. Çaresizlik içinde bakındı, arandı; dolapta, turistlerden birinin bıraktığı sütlü çikolata geldi eline. Çikolatayı kırıp küçük bir parçayı bebeğin dudaklarına koydu. Sonra hemen aldı. *Ya yutarsa* diye düşündü, *olmaz ki, en iyisi bunu güneşte eritip öyle damlatayım.* Bir eliyle güneşte iyice kızmış olan küçük tavayı aldı. Denizde uzun süre kaldığı zaman bu tavayı gazocağının üstüne koyar, tuttuğu balıkları kızartarak karnını doyururdu. Şu anda gazocağını yakmakla uğraşamazdı. Çikolatayı kızgın tavaya koyunca hemen erimeye başladığını gördü, sevindi, yarı erimiş çikolataya işaretparmağını batırıp bebeğin dudaklarına sürdü. Bu hareketi birkaç kez tekrarlayınca bebekte ufacık bir hareket oldu; sütlü çikolata veren parmağı emmek ister gibi dudaklarını oynatması, balıkçının gözlerinin dolmasına, yüreğinin kabarmasına yetti. *Hey Allah'ım* dedi, *hey büyük Allah'ım sen nelere kadirsin. Çıkmayan can çıkmıyor işte. Nasipten ötesi yok.*

Bu arada köy görünmüştü, dört beş dakika içinde orada olurdu. Cep telefonunu çıkardı, sinyal vardı artık. Sahil güvenliği çevirdi. Talat astsubaya durumu anlattı. "İki göçmen cenazesi getiriyorum kumandanım" dedi, "boğulmuş zavallılar." Bebekten söz etmeyi gereksiz gördü. Nasıl olsa birkaç dakika sonra teslim edecekti onu. Düşündü, düşündü, balıkçıyı bir efkâr aldı, sahiden teslim edecek miydi, etmeli miydi, kanuna göre elbette öyle ama ya şu küçük yavru, parmağını emmeye çalışan minik dudaklar. Sahil güvenliğin kendisini beklediğini görüyordu. Limana girmesine çok az kalmıştı. Birden, ne yaptığını bile tam anlamadan bebeği başaltının gölgesine koydu, brandayla kapattı o bölümü. Yavaşlayarak limana girdi. Meraklılar kıyıda birikmişti. Yanaşırken Talat Başçavuş, "Ne oldu" diye bağırdı sabırsızlıkla. Mustafa olanı biteni anlattı. "Bir cenaze burada, biri de ipin ucunda" dedi. Askerler zaten durumu görmüşlerdi, gelir gelmez suya girip erkek cesedini çıkarmaya giriştiler. İki asker de kayıktan kadını aldı. Başçavuş, "Başka kimse var mıydı denizde" diye sordu, Mustafa "Yoktu" dedi, "başka kimse görmedim kumandanım." Başçavuş, "Daha çok vardır" dedi, yanındakilere hemen açılmak için talimat verdi. "Bu kaçıncı yahu?" dedi, "Ölüm denizine döndü buralar, denizden ceset topluyoruz, kaçakçı takibi yapıyoruz, başka işimiz kalmadı." Sonra Mustafa'ya, "Sen tutanaktan sonra savcıya ifade vermeye git dedi, biz hemen açılıyoruz, bakalım hayatta kalan kimse var mı?" Mustafa başıyla tamam işareti yaptı. Komutan sahil güvenlik teknesine çıkınca halatlar çözüldü, güçlü motorlar suları yararak gümbür gümbür uzaklaşmaya başladı. Kayığın başında toplanmış olan kalabalık yavaş yavaş dağılıyordu, kimi hayranlıkla güçlü teknenin gidişine bakıyor, daha çoğu da denizden çıkarılıp sedyelere konularak ambulansa taşınan cesetlerle ilgileniyordu. Mustafa'nın ancak göz tanışı olduğu insanlardı bunlar, balıkçı arkadaşlarının hepsi denizdeydi.

İlgi kendi üzerinden başka yerlere kayıncaya kadar bekledi Mustafa. Bebeğe bakmamak için kendini zor tutuyordu ama sabretmek zorundaydı. Jandarmaya neler olup bittiğini anlattı, zabıt tutuldu, sonra onlar da gittiler. Mustafa baktı ki sandalın başında kimse yok, örme sepeti çıkardı, bebeği dikkatlice, itinayla içine yerleştirdi. Küçük bedeni fanilasıyla örttü, evine doğru yollandı. Jandarmaların yanından geçerken, "Eve gidip elimi yüzümü yıkayayım, öyle çıkayım savcı beyin huzuruna" dedi. "Ne de olsa cenaze getirdim." Jandarmalar, "Peki" dediler, "geçmiş olsun. Savcı bey birazdan yemeğe evine gider, yemek vaktinden sonra ifadeni ver." Yolda durdurup da geçmiş olsun diyenlere, konuşmak isteyenlere kısaca bir baş selamı vererek köyün dışına doğru, denizi yokuş başından gören iki odalı evine yollandı.

Bu ev rahmetli babasından kalmıştı ona, doğduğu yerdi, balıkçı babası erken yaşta hakkın rahmetine kavuşunca annesi, bir banka memuruyla evlenip Nazilli'ye gelin giden kızının yanına taşınmış, ev de Mustafa'ya kalmıştı. Halleri vakitleri yerindeydi şükürler olsun. Filiz'in hamile olduğu haberi gelmişti, gün sayıyorlardı. Abileri Salim ise baba mesleği balıkçılığı bir türlü sevememişti, Aydın'da çay ocağı işletiyordu.

Mustafa eve koşmak istiyordu, bacakları ve aklı onu daha hızlı gitmeye zorluyordu. Yine de bu isteği bastırıp dikkat çekmeden öteki evlerden biraz uzakça, bahçe içindeki, beyaz, kireç boyalı evine ulaştı. Mesude, bahçedeki sedirin üstüne oturmuş fasulye ayıklıyordu. Erken gelen Mustafa'yı görünce birden korktu.

"Ne oldu?" diye sordu, "Allah korusun başına kötü bir şey gelmedi değil mi?"

"Hayır hayır" dedi Mustafa, "içeri gel."

Oturma odasına geçtiklerinde Mustafa sepetten çıkardığı bebeği kucağına aldı.

Mesude, "Kim bu bebek Mustafa?" diye meraklandı.

Mustafa "Deniz" dedi.

"Hangi Deniz, bunun adı da mı Deniz?"

"Ben koydum" dedi Mustafa "yolda gelirken koydum. Deniz, Denizimizi aldı ama sonra bize başka bir Deniz verdi. Hepsini anlatacağım ama şimdi bu bebeği cana getirmek lazım. Süt var değil mi evde?"

Tabii ki vardı, inekleri, köpekleri, tavukları, bir de devesi olan, akşama kadar hayvanlarıyla sohbet eden komşu Seyit Efendi'den iki üç günde bir bakraçla süt alırdı Mesude.

"Var ama nasıl içireceğiz bebeğe" diye sordu kadın. "Zaten ölü gibi yavrucak. Sağ olduğuna emin misin?"

Eli ayağına dolaşmıştı.

Mustafa "Biberon lazım" dedi "ama eczaneye gidip alamam, şüphelenirler."

Mesude'nin yüzü allak bullak oldu, içeri gitti, mutfakta musluğun açıldığı duyuldu, biraz sonra kadın elinde yıkanmış, süt doldurulmuş bir biberonla geldi. Mustafa ona minnetle baktı. Kadın "Hiçbir şeyini atmaya kıyamadım." dedi, önüne baktı. Mustafa'nın ağzından zayıf bir "Ah!" çıktı.

Sonra Mesude, alışkın hareketlerle bebeği kucağına aldı, biberonu ağzına sokmaya çalıştı, bebek önce hiç tepki vermedi, dudakları kıpırtısız kalınca Mustafa "Eyvah" dedi, "eyvah!" Mesude, "Merak etme" dedi ona, "şimdi alır." Dediği gibi de oldu ve bebek mecalsiz de olsa bir hayat iştahıyla sütü emmeye başladı.

Öğlen sonu Mustafa kasabaya giden belediye otobüsüne bindi, yarım saat kadar sürüyordu yol. Bir yanı çam ağaçlarıyla kaplı bir yamaç, bir yanı da uçurumun dibinde beyaz köpüklerle kıyıyı yalayan denizdi. Sanki dün gece cehennem zebanileri gibi uluyan fırtına hiç kopmamıştı. Öylesine sakindi ortalık.

Deniz, bir gün kıyıyı yalayan köpüklere bakıp bakıp "Baba deniz saçlarını kıvırıyor" deyivermişti. Mustafa o gün çok gülmüştü bu söze ama şimdi hatırladıkça kötü hissediyordu. Denize küsmüştü artık. Ekmeğini yine ondan çıkarıyordu ama oğlumu benden niye aldı, nasıl kıydı gibi sorular beynini kemiriyordu.

Kasaba her yaz mevsiminde olduğu gibi Alman, İngiliz turistlerle doluydu. Öğle vakti güneşin altında ıstakoz gibi kızarmıştı beyaz kolları. Yarı çıplak gezdikleri için Mustafa turist kızlara bakmamaya çalışıyordu ama ister istemez bazen gözü kayıyordu.

Adliye koridoru cehennem gibi sıcaktı, memurlar kısa kollu gömlekle çalışıyorlardı ama savcının odasında klima vardı. Mustafa odaya girince tedirgin oldu, *hasta eder bu meret insanı* diye düşündü. *Yaz dediğin sıcak olur elbette, böyle kış gibi soğuğa ne gerek var? Bu şehirliler tuhaf insanlardı.* Kendisi hiç hasta olmazdı zaten ama şimdi bebek vardı, daha dikkatli olmalıydı. O an bebeğin yüzü canlandı zihninde, daha gözlerini bile görmemişti.

Savcı; genç, ince yapılı, tel gözlüklü bir adamdı. Sinirli birisine benziyordu. Makam masasının arkasında çerçeveye gerilmiş kırmızı bir kumaş vardı. Masanın önünde ise genç bir kız, bilgisayarın başında oturuyordu. Savcı, önce elindeki kâğıtlardan başını kaldırmadı. Sonra hademenin odaya soktuğu Mustafa'ya baktı.

"Mustafa Sılacı sen misin?" diye sordu. "Tutulan zapta göre iki göçmen cesedi bulmuşsun doğru mu?"

"Evet" dedi Mustafa, "Öyle."

"Bir de sen anlat bakim olayı."

Mustafa, bebek hariç her şeyi olduğu gibi anlattı; saati, mevkii, bütün ayrıntılarıyla söyledi. O anlattıkça genç kadın bilgisayara yazıyordu.

"Başka kimseyi görmedin mi?"

Savcının bu sorusuna "Hayır beyim, görmedim" cevabını verdi Mustafa.

"Peki" dedi savcı, "İfadeni imzaladıktan sonra gidebilirsin."

Tutanakta adının altına imzasını atarken bir an bile ikirciklenmedi. Başka birini görmediğine kendini şimdiden inandırmıştı. Başka biri yoktu, kesinlikle yoktu.

Eve döndüğünde Mesude'yi eski günlerdeki gibi bebeği ayağına yatırmış hafif hafif sallarken buldu. Bebek yıkanmış, paklanmıştı; yarım kundaklanmış, sanki hiç başından o korkunç şeyler geçmemiş, açık denizlerde ölümle yüzleşmemiş gibi mışıl mışıl uyuyordu. Mesude savcıya ne dediğini sordu. Mustafa, "Hiç" diye yanıtladı, "denizde iki kişi bulduğumu anlattım, bebekten söz etmedim."

"İyi ama bu suç değil mi?" dedi Mesude, "Devlete bebeği haber vermemek olacak şey mi?"

Mustafa susuyordu. Kadın devam etti. "Anlıyorum seni Mustafa" dedi, "farkında değilim sanma. Benim de kanım kaynadı bebeğe. El kadar şey, tuttuğumuz levrekler ondan daha büyük. Ama bizim değil, devlet bu bebeği sakladığımızı öğrenirse bizi hapse atar."

"Söylemeyiz" dedi Mustafa, "hiç kimseye sesimizi çıkarmayız."

"Bebeği o kadar istiyorsun ki aklın başından gitmiş senin" dedi kadın, "hiç bebek saklanır mı? Hadi birkaç gün idare ettik, sonra ne olacak? Elâlem, nerden çıktı bu bebek demez mi?"

"Ama ifade verdim artık" dedi adam, "başka hiç kimseyi görmedim dedim, dönemem."

"Bir çare buluruz" dedi Mesude, "bir şeyler söylersin, ne bileyim, sonra buldum dersin, öldü sandım dersin."

"Hele bir iki gün düşünelim" dedi Mustafa, "baksana, bu halde kime verelim bebeği, zaten yarı ölmüş durumda, hayatını kurtaralım, cana getirelim, sonra düşünürüz, bu arada sen konu komşuya belli etmemeye çalış. Kimse duymaz, baksana ağlamaya bile mecali yok."

O sırada bebek iç geçirdi, karıkocaya bütün tartışmayı unutturdu bu hafif nefes, bebeğin yüzüne bakarak dalıp gittiler.

Mustafa o gece rüyasında baba yunusu gördü. Sandalın yanına gelmiş, kendisine bir şeyler söylüyordu ama Mustafa anlamıyordu.

"Ne diyorsun?" diyordu yunusa, "ne diyorsun anlamıyorum."

Bebek gözlerini ilk kez açtığında Mustafa ve Mesude, sanki tek bir bebek değil de bütün doğa çiçek açmış, badem ağaçları gelinlik giymiş, çiçeğe durmuş gibi tuhaf bir sevince kapıldılar. Yeni Deniz'in kara gözleri, kendi Denizlerinin ela gözlerine benzemiyordu ama bakışları onun gibi masumdu. Daha doğrusu dünyanın bütün bebekleri gibiydi.

Mesude sevinçle şaşkınlık arasında gidip geliyordu. Deniz'den sonra hiçbir çocuğu kucağıma alamam derken, kollarının arasındaki güzel bebek çıkıp gelivermişti. Onun kara gözlerine bakmaya, kıvrılan dudaklarının arasından bebekçe sesler çıkarmasına, bebek kokusuna, iki eli birbirini bulamadan havada sallamasına doyamıyordu. Deniz'e söylediği ninnileri yeni Deniz'e de söylemeye başlamıştı.

Mustafa'ya kalsa evden hiç ayrılmayacak, gece gündüz bebeği seyredecekti ama hem ekmek parası hem de elâlemi kuşkulandırmamak için her sabah gün doğumunda emektar kayığına atlayıp açılıyordu. Olay sonrası denize ilk kez çıkıp demirini attıktan, ağını serdikten sonra ayağa kalkıp, ellerini gökyüzüne açarak yüksek sesle "Sağol Allah'ım!" dedi "Çok sağol. İşlerine akıl sır ermez senin. Sağol."

Mustafa'nın duaları da kendinceydi. Köyün hocaları kaç kere Allah'a sağol denmez, hamdolsun de, şükürler olsun de diye uyarmışlardı. Yine de Mustafa Allah'la kendi dilinde konuşmanın daha doğru olduğuna inanırdı. Deniz'i aldığı zaman Allah'a da küsmüş, yıllarca konuşmamış, çocukluğundan beri hiç kaçırmadığı bayram namazlarına bile gitmeyi bırakmıştı. "Alemde bunca kötü insan varken bula bula benim çocuğumu mu buldu alacak" diye kendi kendine söylenir ama ona doğrudan hitap etmezdi. Küsmüştü bir kere. Mesude "Allah'ın gücüne gider Mustafa, böyle yapma, günaha girme" dedikçe "Sus" derdi. "Masum çocuğumu aldı benim." Mesude "Tövbe tövbe. Aklını kaçırdı bu adam, affet Allah'ım, ne dediğini bilmiyor" diye yana yakıla dualar ederdi.

Bir akşamüstü yorgun argın döndüğünde kızarmış balık ve anason kokusu almıştı sahili. Kendisi gibi balıktan dönen arkadaşları arada bir kumların üstünde rakı balık yaparlardı. Mustafa'nın huyunu bildikleri için onu çağırmak akıllarına bile gelmezdi. Bu yüzden Mustafa'nın onlara doğru yürüyüp bir hasır iskemle çekerek oturması hepsini hayrete düşürdü. Bir piknik tüpünün üstündeki tavada iskorpitler, izmaritler cızır cızır kızarıyordu. Kokuyu alan köyün kedileri çevrelerine ikinci bir halka yapmışlardı, yay gibi gerilmiş bedenleriyle fırsatını düşürüp bir balık kapmak için bekliyorlardı. Bu işe o kadar alışmışlardı ki daha ne oldu ne olacak derken kaşla göz arasında yıldırım gibi atılır balığı kapıverirlerdi, göremezdin bile. Hele bir sarman vardı ki kedi mi, cin mi, hayal mi anlaşılmazdı. Kimse başa çıkamazdı onun arsızlığıyla. Bu yüzden herkes teslim olmuştu kediye, ne isterse verilirdi. Zaten balıkçılar önce kedilerin payını verir, arkasından rahat rahat rakılarını yudumlarlardı. Kediler, nasıl olsa balık artıklarının da kendilerine kalacağını bildikleri için rahat dururlardı.

Ömer'in badi badi yürüyerek geldiğini gördüler. Çocuk geldi yanaklarını gösterdi, bu sefer iki yanağına basmıştı damgayı. Demek ki yine devlet görevlisi olduğunu hatırlamıştı. Kim verdiyse biri de sevabına düdük vermişti, çıkarıp çalıyordu.

"Yaramazlık etmeyin" dedi. "Hepinizi hapse atarım."

Hep bir ağızdan "Etmeyiz Ömer komutan" dediler.

Ömer yine düdüğünü çaldı.

"Uslu durun, gözüm üstünüzde" diye onları iyice azarladıktan sonra düdüğünü öttüre öttüre uzaklaştı. Başkalarını haşlamaya gidiyordu.

Arkadaşı Çiroz, ince belli bir çay bardağı aldı, yarısına kadar rakı, üstüne su koydu, Mustafa'ya uzattı. İlk yudumu alırken "Geçmiş olsun" dedi ona, "geçmiş olsun, valla hepimiz denizi tarıyoruz artık, herkesin başına gelebilir. Sahil güvenlik yüzlerce ceset topluyor ama yine de yetişemiyor. Geçen gün yolum Kos'a düştü, marinaya yakın bir park var ya, yüzlerce göçmen birikmiş oraya. Bunlar ölmeyip de başaranlar. Öylecene açıkta bekleşiyorlar. Kamplara alıyorlarmış bunları. Oralarda da durum fenaymış. Allah korusun. Yine mis gibi memleketimizde oturuyoruz, şükredelim arkadaşlar. Azıcık aşım, kaygısız başım. Kim bilir ne dertleri var da ölümü göze alıyorlar? Kimileri bebeğiyle biniyor o botlara yahu."

Kekeç Hüseyin ille de söze girecek ya, girmezse çatlar: "Eeee A-Ay-Ay-ylan be-be-beğ-i" diye çırpınırken... (herhalde Gümüşlük sahiline vuran, herkesin yüreğinin burkulduğu Aylan bebeği anlatacaktı), sabrı tükenen Aykut "Hani cesedi sahile vurmuştu" diye lafa girdi. Kekeç Hüseyin gücenik bir ifadeyle baktı ona, sonra başını sallayıp rakısından bir yudum aldı.

Mustafa'nın yüzünde arkadaşlarının yıllardır görmediği bir mutluluk vardı. O iştahsız adam çıtır çıtır balık yiyor, o yabani adam muhabbetle rakı içiyor, o somurtuk adam gülümsüyordu. Balıkçılar birbirlerine kaş göz ederek "Buna ne oldu yahu" diye sessizce soruyorlardı.

Lacivert derinliklerden gelen su kıyıya yaklaştıkça turkuaz rengi oluyor, kıyıyı yalarken iyice camgöbeğinden açık maviye, sonra beyaz köpüklere dönüşüyordu. Denizin o nazlı hallerinden biri yaşanıyordu bu akşam. Güneş Kalimnos'un arkasından süratle batıyordu. Balıkların kızartılması bitince yakın bahçelerden gelen yasemin, ıtır, taflan kokuları sarmıştı ortalığı. Ama sonra Mustafa'nın keyfini kaçıran bir şey oldu. Balıkçılar konuşmayı yine göçmenlere getirdiler, ilk kez kim açtı, kim başladı, sonra kim gerisini getirdi hatırlayamıyordu ama sahil güvenlik botunun denizden başka cesetler de çıkardığını anlattılar. Zaten duymuş olduğu bu haberi fazla ilgilenmeden dinledi. Sonra Kekeç, kelimeleri ağzından güçlükle çıkararak, üç kişinin de canlı kurtarıldığını söyledi. Arkadaşları gerisini tamamladılar. İki erkek bir kadınmış, bir adam kayalıklarda ölmek üzereyken bulunmuş, öteki kadınla erkek de denizde epeyce sürüklendikten sonra bir minik adada. Hepsi devlet hastanesine götürülmüş, hayati tehlikeleri varmış.

Mustafa geldiği gibi aniden kalkıp gitti. "Hadi arkadaşlar" dedi. "Bana müsaade."

Bu kadarına da razı olan balıkçılar müsaade senin dediler ama elinde bir balık torbasıyla sallana sallana uzaklaşan adamın arkasından epey dedikodusunu yaptılar. Çiroz onlara uzun zamandır anlatıyor, Mustafa'nın bu halinin onlara tepeden bakmak olmadığını, kendi derdiyle baş başa kalmak istediğini söylüyordu. Şimdi biraz inanmışlardı, Mustafa'nın hallerine duydukları hafif kızgınlık ortadan kalkmıştı. Şimdi ne oldu da Mart babosunun yüzü güldü diyorlardı. Hangi dağda kurt öldü? Yine de bu kısa dostluk gösterisi rakıyla gevşemiş denizcilerde iyi bir izlenim bıraktı.

Mustafa gözleri merakla kendilerini süzen bebeği kucağına aldı, onu hafif hafif sallarken karısına olup biteni anlattı. Oysa kadın yıllardan sonra ilk kez Mustafa eve biraz geç, biraz da çakırkeyif geldi diye sevinmiş, *ağzını bıçaklar açmayan adam nihayet normal hayata dönüyor* diye içinden şükretmişti. Herkesin kocası öyle yapardı, erkek erkeğe içerdi, sohbet ederdi, sadece kendisininki insan içine çıkmaz, kukumav gibi evde otururdu. Kadın kocasını dinledi ama onun kaygılarına katılmadı.

"Kurtuldularsa ne iyi" dedi, "ne diyecekler ki; soran olursa bir de bebek vardı derler olsa olsa; koca denizde onca kişi kaybolmuşken bebek nasıl yaşar, onu da kayıp listesine yazarlar, sen bunu düşünüp canını sıkma." Mesude bu habere pek aldırmadı, ama en başından beri duyduğu kaygı devam ediyordu. "Asıl bebeği ne yapacağız onu düşün" dedi. "Ya da hiç düşünme götürüp verelim devlete. Şu avuç içi kadar yerde nasıl bir bebek büyütebiliriz, nasıl saklayabiliriz, yarın öbür gün herkes duyar."

Mustafa her zaman aklı başında birisi olarak gördüğü, sözüne değer verdiği kadının bu sözlerini de "haklısın" diye yanıtladı. "Saklı gizli çocuk büyütülmez, düşünüp taşınıp bir çözüm bulacağım. Merak etme."

O gece Mustafa karısının yanına yıllardır hissetmediği bir duyguyla yattı, onu soydu, bir zamanlar hayatının temel amacı, yaşamasını sağlayan sarhoş edici bir iksir gibi algıladığı ama neredeyse unutmaya başladığı o taze tenle eskisi gibi sevişti. Kadın biraz şaşkınlık, biraz da otuz yaşındaki bedeninin dizginleyemediği dişi tutkusuyla, erkeğin hasret kaldığı kokusunu içine çekti. Yıllar sonra ilk kez suçluluk hissetmeden hareket ediyor, kocasının dokunuşlarına rahatça karşılık veriyordu.

Sonra konuşmadan yan yana yattılar, konuşacak bir şey yoktu, bebek Deniz'in beşiğinde uyuyordu, kadınla erkek birbirine değen çıplak bedenlerin verdiği güven duygusuyla yatıyorlardı, sessiz ve uyanık. Bebekten küçük bir ses geldi, ağlamayla iç çekme arası, belli belirsiz. Mesude kalktı, bebeği kucağına alarak mutfağa gitti. Geri döndüğünde Mustafa istedi bebeği, kucağına aldı, biberonla besledi, güçlenmiş dudakların biberonu iştahla emişini izledi. Bebeği kaldırıp boynundan kokladı.

Mesude, "Bu kadar bağlanma Mustafa" dedi, "çocuğu elinden alırlarsa çok üzülürsün, dur bakalım." Sonra, yarın iki arkadaşının çaya geleceğini söyledi. Ne yapacağını bilmiyordu, gelmeyin dese olmazdı, gelseler bebek ne olacaktı, hadi diyelim yatak odasına sakladı, ağlarsa nasıl açıklayacaktı durumu? Sonunda "Mustafam bu iş olmayacak" dedi, "biliyorum çok canın yanacak ama yarın bu bebeği götür jandarmaya ver, önce denize açıl sonra bu sefer de bebek buldum diye götür ver. Yoksa hem çocuk gidecek elimizden, hem de başımız büyük belaya girecek."

Mustafa sesini çıkarmadı ama içinden, *olmaz öyle şey* diye geçiriyordu. "Bir yol bulacağım, bulmam gerekiyor."

Ertesi gün balıktan erken döndü. Yatak odasında bebekle oturdu, yanına yattı, göğsünde uyuttu, biberonla besledi, altını değiştirdi. Akşamüstü çaya gelen misafirler onu görmediler. Yalnız bir kere bebeğin daaaaa der gibi sesi duyuldu. Mustafa hemen biberonu dayadı ağzına. Oturma odasındakiler de duymuştu. Mesude gülerek, "Kedi" dedi, "yaralanmış, bacağını sarıverdim sevabına, içerde." Arkadaşı şaşırdı. "Aaaa, nasıl kediymiş bu, aynen bebek sesi çıkarıyor vallahi." Sonra hep birlikte, "öyledir" dediler, kedilerin bebek sesi çıkardığını söylediler.

O gün öylece atlatıldı. Ama ertesi gün Mustafa balıktayken kapı güm güm çalındı. Bebeği saklayıp kapıyı açan Mesude jandarmaları görünce bayılacak gibi oldu. "Mustafa evde mi" diye sordular, "hayır balıkta" dedi. Jandarmalar üstelemedi, zaten bu saatte evde olmayacağını biliyorlardı. Bir celp kâğıdı verdiler, Mesude'ye imzalattılar. "En kısa zamanda gelsin" dediler, "ifadesinde eksik var."

Mustafalar da Mesudeler de köydeki birçok aile gibi Girit göçmeniydi. Giritliler dağlardaki ovalardaki her aşı her kuşu bilir, otunu mantarını baharatını mevsiminde toplar, şevketibostan, hardal otu, arapsaçı, kuzugöbeği, çobançantası, civanperçemi gibi kimsenin bilmediği otlardan yemekler yapar, bunları yabani kekik, çövenotu, adaçayı, nane gibi baharatlarla tatlandırırlardı. Sulu limonlar, mandalinalar ve zeytinyağı ise bahçelerinin ürünüydü.

Daha buralara turistlerin uğramadığı, sarp dağlardan ancak katırla ulaşım sağlandığı, zeytinyağının, süngerin, şarabın gemilerle taşındığı zamanlarda, hafif geçen kışların serince gecelerinde, eskiler odun sobasının başında hikâyeler, masallar anlatırlardı. İncilipınar'da su içmek isteyen inekler nasıl yarın başından aşağı uçmuş, Karaova'daki düğünde Murat nasıl eniştesini vurmuş, mübadelede Yunanistan'a gönderilen Rum Stavrosların kedisi nasıl boş kalan evin önünde aylarca ağlamış, rüzgârlı havalarda kilisenin çanı nasıl çalarmış, o zamanlar deniz nasıl da bereketliymiş, önlerindeki küçük adaya nasıl balıklara basa basa gidilebilirmiş, kıyıdaki kayaya akşam koyduğun tuz nasıl ertesi sabah kupkuru çıkarmış, savaştan kalma kocaman bir mayın nasıl babalarının ağına takılmış, jandarma nasıl gelip Alaman mayınını imha etmiş, geceleri gâvur mezarlığından duyulan inleme sesleri orada unutulan genç bir Yunan askerinden mi gelirmiş? Tabii bir de sonu gelmez miras kavgaları vardı. Kimin malı kime kalmış, hisseler nasıl bölünmüş, hangi amca hangi yeğeninin malına çökmüş, kimler mahkemelik olmuş? Dağdan toplanmış adaçayı içilirken hep bunlar konuşulurdu. Ama en inanılmaz anıları, hâlâ hayal mi gördüler gerçek miydi, yoksa bu bir efsane miydi, gözleri mi bağlandı, büyü mü yaptı birisi diye tartıştıkları, büyüklerinin vallahi billahi gördük diyerek anlattıkları savaş gemisi hikâyesiydi. Tabii diyerek anlatmadıkları, yani olağan görmedikleri tek olay buydu köy tarihinde.

Anlattıklarına göre bir sabah uyanan köy halkı, küçük koylarında dev bir savaş gemisi, adını öğrendikten sonra "dostuyer" dedikleri bir destroyer gördükleri zaman hayal mi görüyoruz diye gözlerini ovuşturmuşlar. Mustafa'nın dedesinin zamanında oluyormuş bu, İkinci Cihan Harbi'nde. Allah'tan Türkiye o harbe katılmamış ama hemen önlerindeki Yunan adalarını bombalarıyla cehenneme çeviren Alaman tayyareleri, gemilerden atılan İtalyan toplarının neden olduğu turuncu patlamalar hep gözlerinin önündeymiş. O harpte Alaman'la İtalyan bir tarafmış, İngiliz'le Yunan bir taraf. Bomba sesleri gece uykularını haram edermiş. Tayyarelerin sesi o kadar yakından gelirmiş ki yanlışlıkla bize de bomba düşer mi diye yürekleri hoplarmış.

"Dostuyer" kocamanmış ama bir tuhaflık varmış. Geminin yarısı yokmuş, ikiye bölünmüş geminin ön kısmı değil sadece arka kısmı duruyormuş orada. Yarım harp gemisini görünce "Allah Allah, hayırdır inşallah" diye mırıldanıp, dua okumaya başlamışlar. Sabah namazı kılınmamış o gün çünkü imam da sahilde ürpererek bu akıl almaz yarım gemiye bakıyormuş. Geminin yarısı nerde, battı mı acep diye aranıp durmuşlar ama görememişler.

Yarım geminin güvertesinden askerler subaylar el kol sallıyor, bir şeyler söylüyorlarmış. Sesleri bazen kıyıya ulaşıyormuş. Rumca bilen köydeki yaşlılar da çeviriyormuş bunları Türkçeye. Bulanık hafızalarında, Rumlar gitmeden komşuluk ettikleri, çember çevirdikleri, balığa çıktıkları, oyun oynadıkları Yannilerden, Vasililerden, Marialardan, yani yüzyıllar kadar uzakta kalan, çocukluklarından beri hiç kullanmadıkları kelimeler, derin uykularından uyanıp onlara bir şeyler söylüyormuş. *Endaksi, hronya bola, akus, lipon...* Rum çocuklarla oynarken kavga ettiklerinde onların parmaklarıyla istavroz, kendilerinin hilal yaptığı anılar hayal meyal uçuşuvermiş. Güneş batarken sahilde oynayan çocuklara Rum evlerinden Yannniii, kendilerine Mehmeet, Rızaaa diyen anne sesleri işitildiği zamanlara gitmiş akılları.

Kim derdi ki –ayrıca dese de kim inanırdı böyle bir saçmalığa– bir sabah jandarmalar gelecek, bu köyün deniz gibi, toprak gibi, kaç asırlık zeytin ağaçları gibi ayrılmaz parçası olan, başka hiçbir yeri görmemiş, bilmemiş yerli komşularını toplayarak götürecek, kayıklara bindirip kendilerine yabancı, dilini bile bilmedikleri bir ülkeye yollayacak. Dedelerinden kalan taş evlerini, içindeki eşyayla, kaç neslin ana rahmine düştüğü, doğurduğu, doğduğu, öldüğü karyolasını bile bırakarak, ağlayan kedilerini, çiftini çubuğunu, teknesini, halatını, ağını, çapasını bir daha görmemek üzere terk etmeye zorlanacak. Şimdi küçük koylarında sabah sabah ejderha gibi çıkıveren yarım dostuyerin güvertesinden gelen Rumca seslenmeler, kurumuş göz pınarlarını harekete geçirmişti. Belki de giden arkadaşları için değil, kendi gençliklerinin ne kadar uzakta kaldığını sezmenin yürek çöküntüsüyle.

Yıllar sonra Mustafa bu masalın doğru olup olmadığını anlamak için üniversiteden her ay eğitime gelen profesöre sordu. Hoca "Evet" dedi "doğru, 1943 yılında savaşın en yoğun zamanında Adrias adlı, İngiliz yapımı seksen beş metrelik Yunan destroyeri bir Alman mayınına çarpıyor. Gemi tam ortadan ikiye bölünüyor, ön tarafı batıyor, yarısı gidiyor, önünde hiçbir şey kalmıyor ama motorları yerinde. 21 Yunan askeri can veriyor, geri kalan da yaralı. Yunan kaptan, nasıl yapıyor bilinmez, bir mucizeyi başarıyor. O yarım enkaz gemiyi yıldızlara bakıp yol belirleyerek, düşman uçaklarına görünmeden gece boyunca yüzdürüyor, savaşta tarafsız olan Türk koyuna getirmeyi başarıyor. O koya gündüz vakti, normal teknelerin bile girmesi zor. Ama o kaptan bu mucizeyi başarıyor. Köyün ileri gelenleri gemiye çıkıyorlar. Çoğu Rumca biliyor zaten. Telefonla şehre haber veriyorlar. Önce yaralılar taşınıyor kıyıya, Bodrum'da kamufle edilmiş durumda demirlenen İngiliz hastane gemisine götürülüyorlar. Zaten geceleri, ışıksız İngiliz hücumbotları o gemiye hep yaralı taşıyor. Hastane gemisinin üstü de brandayla kaplanmış ki Alman uçakları görmesin.

"Köydeki Ali Çavuş'un kahvesi karargâh ve diplomasi merkezi oluyor. Türk yetkililer, İngiliz konsoloslar hep orda. Ankara hükümeti geminin yirmi dört saat içinde ülke karasularını terk etmesini emrediyor ama geminin gidecek hali yok, battı batacak. Araya İngilizler giriyor. Yarım gemi altı ay kadar orada kalıyor. Önce köyün dışında, halkın gâvur mezarlığı dediği yere ölü askerleri gömüyorlar. Törenle bir haç dikiliyor mezarlığa. Kaptan Tumbas, 'Savaş bitince gelip alacağız, anavatanlarına gömeceğiz' diyor.

"Bu arada köylüler sağ kalanları yediriyor, içiriyor, rahatlarını sağlıyor. Gemiyi örttükleri için güvende zaten, bir yandan da ufak ufak tamir ediyorlar. Destroyerın ortadan bölündüğü yeri ziftli brandalarla, tahtalarla kapatmaya çalışıyorlar. Aralık başında bir gece köylülerle vedalaşan kaptan tekrar denize açılıyor. Gündüzleri adaların kuytuluklarında saklanıp gece yol alarak Doğu'ya doğru gidiyor. Çapası olmadığı için gemiyi kayalara tutturarak zaptetmeye çalışıyor. Böyle böyle İskenderiye limanına kadar ulaşmayı başarıyor, orada çok büyük bir törenle karşılanıyor. Kaptan Tumbas da sonradan ödüller alıp amiral oluyor."

Sohbetlerde araya girmeyi pek seven Kekeç "Ppp-eeeki o mme-mezar-lık ne ol-mmmuş?" diyebildi.

Keçisakallı hoca onu, "Dedikleri gibi yaptılar" diye yanıtladı. "Savaş bitince gelip cenazeleri askeri törenle topraktan çıkardılar, gemiye bindirirken selam durdular, Yunanistan'a götürdüler."

Demek ki doğruymuş diye düşündü balıkçılar; *dedeler, nineler uydurmamış bu masalı.* Yine de yarısı batmış seksen beş metrelik harp gemisinin kendi koylarında olmasını gözlerinde canlandıramadılar.

Böylece her gece mezarlıkta inleyen asker efsanesi de açıklanmış oldu. Belli ki Yunan ordusu oradan cenazeleri alırken bir askerciği görmemiş, unutmuştu, o zavallı da arkadaşlarım gitti, ben kaldım bu İslam toprağında diye her gece ağlıyordu. Bir dua okuyanı bile yoktu zavallının. İmanı sağlam olanlar, bundan sonra rüzgârlı gecelerde kulaklarına gelen iniltiyi duyduklarında, o ölü askerin ruhuna da dua etmeyi düşündü. Nasıl olsa o da ehl-i kitap değil miydi? Hem büyüklerinden, şimdi bakımsızlıktan yarısı yıkılmış olan Ortodoks kilisesine Müslümanların da gidip Meryem Ana'ya dua edip mum yaktığını duymamışlar mıydı? Çocuk hallerine bakmadan, eşek incirleriyle, sıcaktan sararmış otlarla kaplanmış patikadan geçip, içinde yaldızlı Meryem Ana resmi olan kiliseye giderek, karanlıkta yanan onca mumun, söylenen ilahilerin gizeminde esriyip gitmezler miydi? Rum komşuları Aya Vasili çöreği gönderdiği zaman onlara *Efharisto, Hronya Bola* diyerek iyi yıllar dileme adeti yok muydu? Nasıl da unutulup gitmişti bunlar. Başka yerlerde geçen harp, kendi köylerini de paramparça etmişti. Ama her 15 Ağustos gecesi, kimse söylemediği, hatırlatmadığı, hiçbir hazırlık yapılmadığı halde, yalnız kendilerinin değil dağ köylerinden inenlerin bile, hiçbir şey bilmeden, düşünmeden, bir ayin yapar gibi suya girmelerinin Rumlardan kaldığına kuşku yoktu. Balık tutmaya götürdüğü turistlerden biri o tarihin Meryem Ana'nın göğe çekildiği gün olduğunu söyleyince önce Mustafa'nın kafası biraz karışır gibi olmuş, sonra *iyi ya bizim Miraç kandili gibi bir şey* diye düşünmüştü. *Peygamberimiz nasıl göğe yükseldiyse Meryem Anamız da gitmiş işte.*

Hocadan yalnız deniz balık işlerini değil daha neler öğreniyorlardı neler. Yine büyüklerinden duydukları bir adamı sordular bir gün. Kendine "balıkçı" dedirtiyormuş ama balıkçılıkla ilgisi yokmuş adamın. O da hocaymış. Galiba İstanbul'da büyük bir Osmanlı paşasının oğluymuş, elâlemin anlattığına göre paşa babasını öldürmüş, hapse girmiş, sonra da yolu izi olmayan Bodrum'a sürgün göndermiş hükümet. Bazıları da komünistlikten geldi derlermiş. Okumuş yazmış, yabancı memleketlerde tahsil görmüş, mebus gibi bir adammış. Dedelerine o da çok şey öğretmiş.

Hoca "Evet" dedi, "doğru. Derya gibi bir adam, ayaklı kütüphane, boyunca kitap yazmış, birçok yabancı lisan konuşur, meşhur bir adamdı. Sizin buralara çok faydası dokundu. Şu bahçelere ektiğiniz mandalinalar var ya, işte onun sayesinde. Taa Brezilya'dan tohum getirtir, buralarda olmayan ağaçları yetiştirirdi. Emeği büyük yani."

"Allah rahmet eylesin" dedi balıkçılar.

"Hoş bir hikâyesi de mozole hakkındadır" dedi hoca, "mozoleyi biliyor musunuz? Hani Bodrum'da tabelası olan yer, eski taşlar var."

"Evet" dedi köylüler, "biliyoruz tabii."

Hoca devam etti:

"Buraların kralı Mauselos'un anıt mezarı ama İngilizler alıp götürüp, müzelerine koydular. Bu balıkçı da İngiltere Kraliçesine mektup yazdı. Bu eser Bodrum'un mavi gökyüzünün altında durması için yapıldı, Londra'nın sisli yağmurlu havasına göre değil diye. Altı ay sonra müze müdüründen bir mektup geldi, merak etmeyin, biz onun durduğu salonun tavanını maviye boyadık diyordu adam."

"Vay vay" dedi Yusuf, "İngiliz'e bak sen, çok akıllı bunlar çok, ama dedem hep İngiliz kalleştir derdi. Anlattığına göre cihan harbinde bizi arkadan vurmuş."

O zaman balıkçılar evlerinde bitmek tükenmek bilmeyen İngiliz tartışmasını bir kez daha hatırladılar. Bazı dedeler, asılacaksan İngiliz ipiyle asıl diye onları överken, bazıları da İngilizler değil miydi Arapları kışkırtıp da arkamızdan vurduran, İngiliz kalleştir diye söylenirdi.

Bunun üzerine köylülerden biri, "Son padişahımız bile İngiliz gemisine binip kaçtı İstanbul'dan" diye söze karıştı. Bu söz de Kemal çavuşu çok öfkelendirdi, heyecanından ayağa fırlayarak alı al moru mor, "Sus günaha girme" diye bağırdı, "koskoca padişah, halifemiz İngiliz gemisine mi binecek! Hem zaten kaçmadı ki, yeni hükümet uydurdu bunu."

Böyle başlayan İngiliz tartışmaları sabaha kadar sürer giderdi.

Şimdilerde turist olarak çokça gelen İngiliz gençlerin bir zararı yoktu ama geceleri içince bağırmalarından rahatsızdı köylüler. Turistler köye iyi para bıraktıkları için seslerini çıkarmıyorlardı. Gündüz kimi sörf yapar, kimi yüzerdi ama akşam oldu mu mutlaka içip içip zıvanadan çıkarlardı. Bar sahipleri severdi onları, kızları siyah oje, siyah ruj sürerdi. Allah muhafaza eylesin, gece karşına çıksa hortlak diye korkardın.

Hoca onlara, "Unutmayın" dedi, "dünyanın en önemli medeniyetlerinden birinin üstünde oturuyorsunuz. Hani temel kazarken yazılı taşlar, mermerler, mozaikler çıkıyor ya, işte onlar çok çok değerli. Kırmayın, üstünü örtmeyin, inşaatta kullanmayın, devlete haber verin. Büyük İskender bile bir kış geçirdi buralarda."

Balıkçılar "Büyük İskender de kim ola?" der gibi birbirlerine baktılar.

Biri, "Futbolcu mu bu abi" diye sordu. Öyle ya, eskiden futbolcuların aynı isimde olanları hep büyük küçük diye ayırırdı. Trabzonspor'daki Büyük İskender gibi.

Hoca güldü, "Yok yok" dedi, "çok eskiden yaşamış büyük bir komutan. Ordusuyla burada kışladı."

Balıkçılar bu bilginin kendilerine nasıl bir fayda sağlayacağını bilemeden "Peki" dediler, "iyi ki öyle yapmış, buraların kışı ılıman olur."

Mustafa sıcak havaya alışkın olmasına alışkındı ama o Ağustos günü durmadan ter döküyordu. Savcının buz gibi odasında bile boncuk boncuk terlemiş, iyi ki Mesude cebime koymuş diyerek patiska mendiliyle sık sık alnını silmişti. Hem de savcının gözünden kaçmadığını fark ederek. Genç savcı, "Bir kadının, batmadan önce bebeğini küçük bir oyuncak bota yerleştirip bağladığını, denize saldığını görenler var" diyordu, hiç böyle bir şey görmüş müydü? Mustafa o anda evet dememek için kendini zor tuttu, belki de en kolayı doğruyu söyleyip bebeği teslim etmekti. Belki de hastanedeki kadın bebeğin gerçek anasıydı. Bu durumda yüzünü bile görmediği zavallı bir göçmen kadının çocuğunu evinde tutamazdı ki.

Savcı önündeki dosyaya göz gezdirerek, üç göçmenin hastaneye yatırıldığını, kurtarılan bir kadının Afgan olduğunun anlaşıldığını ama henüz komadan çıkamadığını, adamlardan birinin de ifadesinde bir bebekten söz ettiğini söyledi.

"Adam, bot batmadan önce genç bir Afgan kadının bebeğini ağlayarak denize saldığını gözleriyle görmüş. Sahil güvenlik ölü ya da diri bir bebeğe ya da oyuncak bota rastlamamış. Bu yüzden soruyorum, en azından kırmızı bir küçük bot gördün mü?"

Mustafa'nın içinden yine güçlü bir *evet* yükseldi, neredeyse öyle de söylüyordu ama lafı değiştirdi. Bebeğin kaç gündür evinde olduğunu, onu kanundan sakladığını nasıl itiraf edecekti? Hem söylese yalnız kendisi değil Mesude de suçlu duruma düşerdi. Madem anası yoktu bebeğin, yetimhaneye gönderilmesini de istemezdi doğrusu. Yok yok, her şey olurdu da o el kadar şey yetimhaneye bırakılamazdı.

"Hayır beyim" dedi, "öyle bir şey gözüme çarpmadı hiç. Bir dahaki sefer daha dikkatli bakarım." Ne tuhaf bir yanıt vermişti böyle! İyice tedirgin oldu, mendilini telaşla ensesine götürdü.

Savcı ifadesini yazdırdıktan sonra imzalayıp çıktığında zırıl zırıl terliyordu, güneş aklını karıştırıyordu, gölgeler daha da koyulaşmıştı, büfeden soğuk bir gazoz alıp başına dikti, soğuk şişeyi alnına ensesine koydu; yok, çare olmuyordu.

O zor günün akşamında evde Mustafa'yla Mesude kafa kafaya verip, fısıldayarak ne yapacaklarını konuştular. Bebek beşiğinde huzurla uyumaktaydı. Rüzgâr pencerelere vurmaya başladı.

"Lodos" dedi Mustafa "Lodos çıkıyor, yarın balıklar sarhoş gibi olur."

Mesude ona aldırmadan "Mustafa, bu işin çıkar yolu kalmadı artık" diyordu, "suçlu duruma düştük, bir an önce halledelim, şakası kalmadı."

"Ne yapalım?" diye sordu Mustafa. Kolu kanadı kırılmış, üstüne büyük bir yorgunluk, yılgınlık çökmüştü. Elindeki çay bardağını bile ağzına götürmeyi unutuyor gibiydi. "Ne yapalım diyorsun?" diye tekrar sordu.

Kadın, "Daha önce dediğim gibi yarın bebeği sandala götür, balığa çık, dönüşte bir de bebek buldum diye getirir, teslim edersin" dedi.

"Lodos epey kuvvetli esecek" dedi adam, tam kapanmayan pencereler iyice tıkırdamaya başlamıştı. Mutfak penceresi çarpıp duruyordu.

"Beni dinlemiyorsun sen" dedi Mesude.

"Dinliyorum... ama rüzgâr..."

"Yarın götürüp bebeği ver diyorum."

Adam mutfağa gidip çarpan pencereyi kapatırken kadın peşinden gitti.

"Yarın..."

"Ne olmuş yarına?"

"Bebeği vereceğiz Mustafa!"

"Yok" dedi adam "öyle olmaz, bu kadar gün bu kadar gece bebeğin denizde kalması akla aykırı, hem şimdi karnı doymuş, temiz, bakımlı halde. Ne yapayım çocuğu tekrar aç mı bırakayım, yüzünü gözünü mü kirleteyim, yarı ölü hale mi getireyim? Yok, bu iş olmaz."

O zaman Mesude durakladı, düşündü, sonra "Haklısın" dedi, "ben sana ilk getirdiğinde söylemedim mi, geri götür Mustafa, bu iş akıl kârı değil demedim mi ha, demedim mi?"

O sırada bir iki mikrofon denemesinden sonra köye dalga dalga yayılan akşam ezanı duyuldu. Sustular. Namaz kılmıyorlardı ama dinle ilgili her şey gibi ezana da saygı göstermek köyün yazısız kurallarından biriydi.

Yaz günleri uzun sürdüğü için ezan da geç okunuyordu. Yavaştan karanlık çöküyordu şimdi. Akşam o kadar yavaş, usulca sokuluyordu ki köye, ortalık iyice kararana kadar fark edilmiyordu. Denizden esen ılık rüzgâr evin iğreti, iyi kapanmayan pencerelerini giderek daha çok kıpırdatıyordu.

"İçime kötü kötü şeyler doğuyor" dedi Mesude. "Dün gece rüyamda köpekbalığı suratlı bir adam duruyordu kapıda. Tam şurada, bana bakıyordu."

"Köpekbalığı suratlı mı?"

"Evet" dedi Mesude. "İnsan yüzüydü ama ağzı köpekbalığı ağzıydı. Bir kötülük yapacaktı."

"Allah etmesin" dedi adam.

"Evet evet, inan bana, kötülük yapacaktı."

Lodos biraz daha şiddetlendi, bazı akşamlar açık denizde toplanıp karaya hücum eden atlılar gibi sabaha kadar hırpalardı köylerini. Taraçada asmayı tutan tahtaya ince bir kordonla asılmış olan çıplak ampul iki yana sallanıp durdu. Bir o yana bir bu yana, ışıkla gölgeyi harmanlıyordu.

Rüzgârın uğultusu, Mustafa'ya, her an kötü bir şey olabilir duygusu verirdi. Savcının karşısında ne saçma konuşmuştu öyle. Adamla dalga geçer gibi, bir dahaki sefer dikkat edeceğini söylemişti. Görürsem oyuncak bottaki bebeği alır, hemen size getiririm demiş miydi, yoksa dememiş miydi? Ne demişti, kafası karışıyordu artık. Belki de birazdan jandarmalar gelecekti.

Genç kadın "Kaç gündür, annem eve gelmesin diye bin bir takla atıyorum" dedi. "Senin annen Nazilli'de ama benimki burada. Nasıl diyeyim gelme diye."

Mustafa bu kez sesini yükselterek ters ters konuştu, "Sus" dedi, "biraz sus."

"Peki o zaman" dedi Mesude, "madem çok iyi biliyorsun sen hallet, akıl fikir de dinlemiyorsun."

"Bu gece daha da şiddetlenecek bu lodos" dedi Mustafa. "Allah vere de kayıklar üst üste binmese. Gerçi ben sıkı bağladım ama..."

"Zaten seninle konuşulmaz" diye sitem etti Mesude. "Ya ağzını kilitleyip oturursun ya da böyle saçmalarsın. Ne yaparsan yap, bana ne!"

"Lodos diyorum" dedi adam. "Kayıklar diyorum, ekmek kapımız!"

"Biz ondan mı konuşuyoruz şimdi?"

"Hayır ama bu da önemli, ekmek kapımız."

Mesude onu çenesinden tuttu, kendisine bakmaya zorladı.

"Kaçmak için yapıyorsun" dedi. "Çözemediğin bir sorun olunca öyle yaparsın zaten. Ya uyursun ya kaçarsın."

"Kaçmıyorum."

"Kaçıyorsun."

"Kaçmıyorum diyorum."

"Bal gibi kaçıyorsun."

Adam "Peki" dedi. "Madem öyle kaçıyorum işte. Çıkıyorum ben."

Kadın yüzünü asarak kalkıp içeri gitti, küsmüştü. Adam da kapıyı çarparak çıktı, asmanın altındaki sandalyeye oturdu. O gece Mustafa'yı uyku tutmadı, sabaha kadar sandalyeden kalkmadı, çözmesi gereken sorunlar vardı. Ertesi sabah şafak sökmeden barınağa gitti, balığa çıktı. Denizde de düşündü, plan yaptı. Yılan kaynayan adanın yakınlarına kadar gitti, uzun uzun kayalıkları seyretti. Denizden çıkan kayalar acı yeşilden mora, mordan kırmızıya kadar renk renk çakıyordu. Bir ara buraları mesken tutmuş bir fok balığının yuvası vardı kayalıkların altında, ama çoktan beri görmemişti.

Kayaların denize inen kısımlarında, deliklerde müren balıkları olurdu, geceleri başlarını yuvalarından çıkarırdı mübarekler. O gün ağına yine bir sürü balon balığı, aslan balığı takılmıştı. *Hay adı batasıcalar* diye söylenerek kalın eldivenleri taktı, balon balıklarını dikkatlice tutarak para eden kuyruklarını kesti, aslan balıklarını da zehirli dikenlerine dokunmadan livara attı. *Akşam şunlardan götüreyim eve* dedi, *Mesude sevmişti bunun beyaz etini.* Kadına iyi davranmadığı için pişmanlık duyuyordu şimdi, *ne kabahati var* diyordu, *galiba bebek beni bir acayip yaptı.*

Her gün dev ütülere benzeyen motoryatlar geçerdi yanından, kayıkları sallar dururlardı. Yatlar her yıl daha da azmanlaşıyordu, 70-80 metrelikleri vardı. Denizi yara yara giderler, suyun altını üstüne getirirlerdi. Bazıları da utanmadan sintine basardı. Alışmışlardı artık bu duruma ama o gün Mustafa bunlara sinirlendi. Kalkıp yüksek sesle söylendi.

Dönüşte gözleri denizin mavi yüzeyini tarıyordu. Ah, şimdi şurada bir oyuncak bot görse! İçinde bir bebek. Güneşten yanmış, aç ama yaşıyor olsa. Alıp onu hemen savcıya götürse. Olacak şey değildi elbette. Nasıl çıkacaktı bu işin içinden? Gerçi bir çözüm fikri gelişiyordu aklında, ama Mesude'ye nasıl anlatacaktı?

Naylon torbada aslan balıklarıyla eve gidince bebeği kaynanasının kucağında gördü. Henüz yaşlılığa adım atmamış sayılabilecek bir kadındı Raziye Hanım. Bebeğe ninni söylüyor, kucağında uyutuyordu. Mesude annesine benzerdi, ikisi de yeşil gözlüydü, ikisi de Giritlilere özgü o gururlu duruşa sahipti, köyün en güzel kadınlarıydı dense yeridir. Bu kumral kadınların kucağındaki güzel bebek çok esmer duruyordu, ten rengi farklıydı, zeytine çalıyordu, hiçbir benzerliği yoktu.

Raziye Hanım on sekiz yaşındayken babasının pek beğendiği *–düzgün aile, çok düzgün aile, hem de zenginler* diyordu– otomobil galerisi sahibi bir adamın oğluyla evlendirildikten sonra kasabaya kocasının yanına taşınmıştı. Genç adam bir gün arkadaşlarıyla köydeki lokantaya geldiğinde Raziye'yi görmüş, genç kıza vurulmuştu. Caner şık giyinen, yakışıklı bir adamdı, atletik sporculara benziyordu, Raziye'nin gönlünü çelmişti biraz. Babasıyla aynı işi yapıyor gibi görünse de Raziye evlilikten birkaç ay sonra anladı ki adam hovardanın biri; hayatı pavyonlarda, sarhoş sarhoş kadın peşinde koşarak geçmiş. Raziye'yle ilk ayların hevesini aldıktan sonra yine sokaklara vurdu. Sabaha karşı eve sarhoş döndüğünde "Neredeydin?" diye soran kadına, "Senin bunu sormaya hakkın yok" diyordu, sonra iş "Ben böyleyim, ben erkeğim" muhabbetine döküldü, daha sonra her şey iyice çirkinleşmeye başladı. Zaten baştan beri bir aşk evliliği değildi ama Raziye ilk aylarda genç adamın gösterdiği ilgiden nezaketten etkilenerek adama duymaya başladığı sempatiyi, saygıyı da yitiriyordu. Sonra baktı ki bu işin çözümü yok bir gün valizini aldığı gibi annesinin evine döndü.

Anası anlayışlı kadındı, halden anlardı ama baba öyle değildi. Raziye'nin deyimiyle "*eski kafalı*"ydı. Kızının eve gelmesini kabul etmedi. "Evlenmiş kadının yeri kocasının yanıdır. Sen bu evden çıktın artık" diyordu. Anası üzüldü ama sert tabiatlı kocasına söz geçiremedi. Raziye kendisini almaya gelen adamla kasabaya döndü. Bu adam madem başka kadınların peşindeydi, o zaman niye kendisini ısrarla evde tutmak istiyordu. Birlikte yaşamadıktan sonra ne anlamı vardı evde oturup koca yolu gözlemenin? Mutsuz günlerin gecelerin sonunda tam kararını vermiş, ne olursa olsun bırakacağım bu adamı, olmazsa halamlarda kalırım diyecek noktaya gelmişti ki hamile olduğunu fark etti. Adeti gecikince fazla telaşlanmamıştı, zaten çok düzensiz adet görürdü ama iş fazla uzayınca, bir ay sonra da ay hali görmeyince devlet hastanesindeki kadın doktora muayeneye gitti. Hafif bir akıntısı da vardı. Köyde olsa her derde iyi gelen şifalı otları bilen teyzeler hallederdi bu akıntıyı. Ama şimdi doktora söylemekten başka çaresi yoktu. Daha önce hiç doktora gitmediği, doktor yüzü görmediği için önce ultrasonla bakıp sonra onu o tuhaf alete yatırıp bacaklarını iki yana ayırdıkları zaman *ölsem daha iyiydi* diye düşündü. Doktor, kadın olmasına rağmen yüzüne bakamıyordu.

Sonunda Caner'in kendisini niye evde tuttuğunu anladı. Adam geceleri rakılı, çalgılı çengili, bol kadınlı hayatına devam edecek, evde kendisini bekleyen karısı da ona evlatlar verecekti. Raziye sarsılmasına sarsıldı, hem de çok sarsıldı, adamdan ölesiye nefret ediyordu, sabaha karşı kapıdan girme tıkırtılarını duyduğu zaman kusacak gibi oluyordu. Bir yandan da karnında atmaya başlayan yeni nabzı, filizlenen hayatı, dehşete karışan bir sevecenlikle karşılıyordu. Bebeği hem istiyordu hem istemiyordu. Bu bebek belki de Raziye'yi hayatının sonuna kadar nefret ettiği adama bağlayacaktı. Bunu düşününce hasta oluyordu. Başkalarına göre felaket, kendisi için kurtuluş olan –Allah biliyor ya tırnak kadar bile üzülmemişti– ve yerel gazetenin birinci sayfasında kocaman harflerle yazılıp yarımadadaki kahvehanelerde toplanan erkeklere, evlerde fısıldaşan kadınlara sonsuz bir dedikodu malzemesi verecek olan haber sabaha karşı geldi. O gece, kuş ötüşlü kapı zili çaldığında Raziye, olağandışı bir şey olduğunu anlamış, ya biri hastalandı ya biri öldü önsezisi içinde kapıyı açmıştı. Sabaha kadar yanan lambanın ışığında, siperlikli şapkaların yüzlerini gölgelediği iki polisi görünce düşündüğünden daha da büyük bir şey olduğunu anlayıp, kalbi çarparak "ne oldu" diye sormuştu. Polisler hamile kadına karşı takınılan geleneksel "yenge" saygısı içinde bu haberi nasıl yumuşatacaklarını bilemeden kocasının hastanede olduğunu söylemişti. Bir kaza olmuş, hastaneye kaldırılmış diyorlardı.

Raziye o anda hayatının kesin, geri dönülmeyecek biçimde değiştiğini sezdi ve bunu içten içe başgösteren bir suçluluk duygusuna rağmen umarak, bekleyerek "Öldü mü yoksa?" diye sordu. Yüzleri siperliğin gölgesi altındaki polisler "Yani... öyle değil de, yaralı, ağırca biraz" derken kadın durumu anladı. İçeri gidip yeşil hırkasını giydi, kış gecesinin serinliğine karşı karnındaki bebeği korumak ister gibi iki eliyle yakaları birleştirerek ilk kez bindiği bir polis arabasının çakıp sönen ışığında yüzü bir kararıp bir mavileşerek hastaneye götürüldü. Hayatının, sonuna kadar değişeceği bir olaya tanık olmanın heyecanıyla göğsü inip kalkıyor, soluğu ağzına sığmıyor, yüreği alver edip duruyordu.

Caner, gecenin ıssız bir vakti meyhaneden bir kadınla çıkıp, beyaz arabasına bindikten sonra, buruna doğru giden toprak yolda nasıl olduysa, uçuruma yuvarlanmıştı. Çok sarhoş olduğu geçmişti kayıtlara. Köylüler olayı önce duyup, sonra görerek polise haber vermişlerdi. Kadın ağır yaralıydı –ifadesinde Caner Bey'le kasaba dışındaki bir otele gideceklerini ama Caner Bey'in çok ama çok sarhoş olduğu için bir dönemeçte savrulduğunu, sonrasını hatırlayamadığını söyleyecekti, galiba çığlık atmıştı. Caner hastaneye götürülürken ambulansta ölmüştü. Birtakım adamlar, Raziye'ye bunları anlatırken ezilip büzülüyor, onu teselli etmek ister gibi omzuna dokunuyor, bir şey isteyip istemediğini soruyor, sonra da kocası başka bir kadınla iş çevirirken can veren genç hamile kadına acıdıklarını saklayamayarak, kadındaki metanete, onun tek damla gözyaşı dökmeden olayın ayrıntılarını dinlemesine hayran kalıyorlardı.

Raziye ertesi gün baba evine döndü. Tabii, "eski kafalı" babasının bir itirazı olamazdı bu durumda. Nefret ettiği kocasından kalan mirası reddetti. Herkesin sempatisini kazanan mağdur bir dul olarak bir kız çocuğu doğurdu. Hep mesut olsun, hep yüzü gülsün diyerek ona Mesude adını koydu. Kendisini neredeyse canına kıymayı düşündürecek hale getiren Caner'den kurtuluşunun, geceler boyu yalvarmalarının yarattığı ilahi bir adalet olduğuna emindi. Allah kendisini duymuştu. Bu kaza Hızır gibi yetişmişti imdadına. Raziye o günden sonra dindar bir kadın oldu. Namazını, orucunu aksatmadı hiç. Oysa daha önceleri, köylerindeki birçok genç gibi din, bazı adetlerden ibaretti onun için de, üzerinde düşünmezdi. Mesude'yi büyütürken önce babası öldü, iki yıl sonra da anası. Kızını dindar biri olarak yetiştirmeye çalışıyordu. Ne var ki Mesude'nin kişiliğinde din dahil, her kurala, her baskıya karşı koymak gibi asi bir yan vardı. *Seni dinlerim ama kendi kararlarımı kendim alırım* der gibiydi. Bir noktadan sonra kıza ulaşamıyordu kimse. Bu tavır, Raziye'ye, "Ben böyleyim" diyen Caner'i hatırlatıyordu. Kızı kişiliğinin bu yanını babasından almış olmalıydı.

Fazla üstelemedi çünkü Mesude'nin ruhsal kaloma oyununda herkesten iyi olduğunu biliyordu. 18 yaşına gelince Mustafa'yla evlenmeye de kendisi karar vermiş, anasını karıştırmamıştı. Belki de iyi yapmıştı. Raziye, *bana babam karıştı da ne oldu* diye düşünüyordu. *Belki de kız haklı, gönlünün sevdiğine gitsin.*

Mustafa Mesude'den iki yaş büyüktü. Çocuklukları –küçük köyün bütün çocukları gibi– birlikte geçmişti. Hep beraber uzun eşek oynarlar, denize girerler, Gırdinni'nin kahvesinin önündeki alanda bol çelmeli futbol oynarlar, babalarının ağ onarmasına yardım ederler, kayıkları yıkarlar, balığa çıkarlar, hatta "gel yıkışalım" diyerek birbirleriyle güreşirlerdi. O sere serpe yaşanan yıllarda kız-oğlan ayrımı yoktu ama ergenlikten sonra dallara su yürümeye başlayınca kızlarla oğlanlar arasında garip çekingenlikler baş gösterirdi.

Mesude ne zaman oldu, ne zaman başladı bilemiyordu ama artık vücudunu çıplak göstermek istemiyor, oğlanlarla birlikte denize girmiyor, güreşmiyordu. Bir günden öteki güne olmamıştı bu. Hormonları, kendini hissettirmeden ağır ağır yükselen bir su gibi bedenlerini ve zihinlerini kaplamıştı.

Mesude bir gün, sanki daha önce hiç görmemiş gibi Mustafa'nın yakışıklılığının farkına vardı. *Ne güzel gözleri varmış* diye düşündü. Mustafa'yla Mesude'nin üzerine bir çekingenlik, bir tutukluk çöktü. Görüştükleri zaman ikisi de rahat edemiyor, sık sık gözlerini kaçırıyorlardı birbirlerinden. Kaloma dengesi kalmamıştı artık aralarında. Mesude denize bakarken birden başını çevirdiğinde Mustafa'nın da kendisini süzdüğünü görüyor, uyanan kadınlığın, beğenilmenin gururu kaplıyordu içini. Sonra gece gündüz Mustafa'yı düşünmeye başladığının ayırdına vardı. Balıkçı barınağını gören pencerenin başına oturuyor, ne zaman bu kadar uzadığını anlayamadığı erkeğin, ince hayalini izliyordu gözden yitip gidene kadar.

Raziye kızının bu hallerini görerek "Ne bu halin, yoksa sevdalandın mı birine?" diye soruyordu gülerek. Mesude onu "Saçmalama ya anne!" diye tersliyordu. Kısacası her şey doğaya ve ilk insandan bu yana milyarlarca kez tekrarlanan ritüele uygun olarak ilerliyordu ki Mustafa bir gün kızarıp bozararak "Çoktandır balığa çıkmadık seninle" deyiverdi, "Ben pazar günü ustadan kayığı alayım, ikimiz çıkalım, olur mu?"

Mesude şaşırdı, nedense hemen "Hayır" diye yanıtlamayı düşündü ama ağzından "Bakalım" sözü çıktı. "Bir iş çıkmazsa belki gelirim."

Mustafa, hayatı bu *belki*ye bağlıymış gibi çok sevindi. O da bir gün kızın farkına varmış, kalabalık bir gençler grubuyla akşam ateş yakıp bıldırcın kızartırken Mesude'ye rahat bakamadığını, hatta yanında oturan kıza eli değdiği zaman hemen çektiğini, ondan taraftaki yanağının yanar gibi ısındığını duyumsamıştı. Arkadaşlıktan sevgili aşamasına geçişin belirsiz, ürkek, *acaba fazla mı ileri gittim, yoksa çok mu çekingen davrandım* ikirciklenmeleri, her sözden her bakıştan anlam çıkarma çabaları, yolunu kaybetmiş bir denizcinin yön bulma kıvranmaları gibi bir *acaba* dönemi yaşıyorlardı.

Pazar günü Mustafa erkenden kayığın başına gitti, her şeyi hazırladı. Kız gelecek miydi, gelmeyecek miydi, gelecek miydi, gelmeyecek miydi. Çaktırmamaya çalışarak yokuşun başına bakıyordu sürekli. Çok geçmeden kızın o kayar gibi edalı yürüyüşüyle toprak yoldan aşağı inmekte olduğunu gördü. Eli ayağına dolaştı. Denize açıldıktan sonra hep balıktan, oltadan, rüzgârdan konuştular. Mustafa bir türlü tehlikeli alana yanaşamadı. Ama dönüş yolunda, belki de bu son fırsatım diyerek cesaretini topladı, dün geceden beri kafasında evirip çevirdiği soruyu sorabildi. Kamburlarını çıkararak zıplayan yunus sürüsünü gösterip, "Acaba bunların dişisi erkeği koca deryada nasıl birbirini bulur, nasıl eş olur?" deyiverdi. "Onlarda da sevdalanma var mıdır?"

Aniden dikkat kesilen kız, "Bilmem" dedi ve sustu. Delikanlı da sustu. Bir süre böyle geçti. Sonra "Bence öyle" dedi Mustafa, "bizim gibi onlar da sevdalanıyor. Yani bana göre öyle... bana... öyle geliyor, ne bileyim..."

Sonra birden ayağa kalktı, kayığı sallayarak "Ya Mesude kusura bakma ben sana sevdalandım" deyiverdi ve kendini denize fırlattı. Mesude gülümsedi.

Mesude hafif buruk bir şekilde kocasına "Hoşgeldin" dedi, balıkları alıp mutfağa gitti.

Raziye Hanım, "Allah bağışlasın pek güzel bebek ama ne yapacağız bunu, büyüyüp gidecek, hastalığı var sağlığı var, okulu var. Mustafa" dedi, "nasıl saklanır?"

"Haklısın anne" dedi Mustafa yumuşak bir sesle, "balık getirdim, akşam kal da konuşalım, bizim de aklımız karıştı. Ama izin verirsen bi kadeh..."

Kadın gülümsedi. Mustafa'yı severdi ama dinine bağlı olduğu için rakı içmesinden hoşlanmazdı; en azından kendi yanında. Ne var ki o akşam özeldi, Mustafa'nın ne kadar bunalmış olduğunun farkındaydı, sesini çıkarmadı. Terasta, asmanın altındaki küçük kare masaya oturdular. Gündüzün boğucu sıcağı hafiflemiş, yerini denizden gelen meltemle ferahlayan taze bir havaya bırakmıştı. Yasemin kokusu tenlerine yapışıyordu neredeyse. Mesude'nin kendine özgü bir balık kızartma yöntemi vardı, iki ayrı tavada yağ kızdırır, birinde yarı kızarttığı balıkları hemen öteki tavaya alırdı ve bir gram yağ çektirmezdi. Bu sefer de öyle yaptı. Aslan balığının beyaz sıkı eti çok lezzetliydi.

Mustafa Mesude'ye gönlünü almak ister gibi tatlı tatlı baktı, genç kadın pek oralı olmadı. Mustafa, "Eline sağlık Mesude" diyerek çay bardağında beyazlamış soğuk rakıyı kaldırdı, kaynanası başını çevirdi öte tarafa. "Tövbe estağfurullah" gibi bir şeyler mırıldandı.

Alacakaranlık terasta Mustafa, "Hey Allah'ım sen nelere kadirsin" dedi. "Şu balık Kızıldeniz'den kalkıp Ege'ye geliyor, oradan da bizim sofraya. Kısmet işte, kısmetten öte yol yok. Allah öyle yazdı ki buralara kadar gelmiş." İki kadın da

Mustafa'nın sözü nereye getirmek istediğini anladılar, yine de Raziye Hanım, "Oğlum rakılı ağzınla Allah Allah deyip durma, çarpılacaksın" diye payladı onu.

Sonra, "Bak Mustafa" dedi, "oğlana benim de kanım kaynadı, masum bir yavru, biz de göçmeniz, dedelerimiz ta Girit'ten kalkıp geldi buralara, bize gâvur dediler, muhacir dediler, içlerine almadılar ama dayandık, halden anlamaz değiliz çok şükür, keşke bir çaresi olsa da masuma baksak, yetiştirsek, büyütsek, o da bir can ama çare yok. Hükümet hapse atar hepimizi valla."

Mesude sitemli bir sesle "Ben de söylüyorum ama anlatamıyorum anne" dedi.

Mustafa, "Yerden göğe kadar haklısınız" dedi onlara, "hiç sözüm yok, ben de hükümete verelim gitsin diyorum, sonra da masum masum uyuyuşuna, süte yapışmasına bakıyorum içim sızlıyor, yetimhaneye yollarlar bunu be anne, kim bilir başına neler gelir?"

Bir süre sessizce oturdular. Üçü de düşünceliydi. Sonra Mustafa günlerdir içini kemiren, *acaba olur mu* diye düşündüğü planını anlatma vaktinin geldiğine karar verdi.

"Ya," dedi, "benim aklıma bir şey geliyor. Biliyorsunuz bizim Filiz hamile, doğurdu doğuracak."

Mesude merakla baktı adamın yüzüne. "Eee" dedi, "Filiz kendi çocuğunu doğuracak hayırlısıyla, bununla ne ilgisi var?"

Mustafa'nın kız kardeşi Filiz Nazilli'de gün sayıyordu. Anneleri de kızının başında olsun diye oraya gitmişti zaten. Mustafa'nın kaç gündür kafasında evirip çevirdiği plan da buna dayanıyordu işte. Bebeği alıp Nazilli'ye giderler, bir süre kalırlar, sonra kucaklarında bebekle geri döner, Filiz'in ikiz doğurduğunu, bir bebeği de yetiştirmeleri için kendilerine verdiğini anlatırlardı. Ne de olsa çocuklarını kaybetmişlerdi ya. Bütün ailenin içi parçalanıyordu bu duruma. Hem böylece çocuğun esmerliğinin şüphe uyandırmasını da önlemiş olurlardı. Nazilli'de görev yapan banka memuru enişte de çok esmer değildi ama burada kimsenin pek tanıdığı yoktu onu. *Babasına çekmiş işte, ne yapalım esmer de insan kumral da* diyebilirlerdi, *hem kaşı gözü de pek güzel maşallah.* Bu durumda komşuların *Allah bahtını güzel etsin* demekten başka bir çaresi kalmıyordu.

Mesude'yle annesi Mustafa'yı hayretle dinlediler, o anlattıkça kafalarını sallayıp, *olmaz öyle şey* der gibi kaşlarını kaldırdılar ama Mustafa öyle inançlı konuştu, öyle yalvardı yakardı ki sonunda *acaba olur mu* diye düşünmeye başladılar. Evet sahiden, Nazilli'yle kimsenin ilişkisi yoktu, ne olup bittiğini bilmezlerdi, enişteyi de kahvenin önündeki alanda yapılan düğünün dışında kimse görmemişti, tanımazlardı, Filiz, *evet ikiz doğurdum birini de abime verdim* demeye razı olursa mesele kalmazdı. Hastane işleri nasıl olur bilmiyordu ama belki Deniz'i de bu şekilde nüfusa kaydettirebilirdi. O zaman bütün dertler biterdi işte. Nazilli'de bir ay kalırlarsa bebeğin birkaç hafta büyük olması da sorun yaratmazdı. Mustafa, günler geceler boyu bu planı düşündüğü için her şeyi inceden inceye hesaplamıştı. O akşam iki kadını ikna etmek için dil döküp duruyordu.

Raziye Hanım onu dinledi, dinledi, sonra "İyi peki evladım ama bu işe kız kardeşin ne diyecek, daha da önemlisi enişten ne diyecek?" dedi. Mustafa'nın korktuğu soru da buydu işte. Filiz'in ne göçmen bulunduğundan haberi vardı, ne de bebekten. Hadi diyelim abisini çok sevdiği için razı oldu, peki enişteyi nasıl ikna edeceklerdi, ne de olsa elin adamıydı. Nüfusuna bir çocuk almaya hiçbir mecburiyeti yoktu ki. Mustafa o işte de Filiz'e güvenmek istiyordu: *Bütün iş Filiz'de bitiyor, bacım kırmaz beni, bugüne kadar hiç kırdı mı ki, en çok beni sever zaten o.*

Mustafa bir de anneleri Melahat Hanım'a güveniyordu. Filiz annesine çok bağlıydı, evli barklı kadın olmasına rağmen annesinin dizinin dibinden ayrılmazdı. Melahat Hanım da kızından ayrılamıyordu. Zaten bu yüzden aylardır Nazilli'de kızı ve damadıyla birlikteydi. Oğlunun isteğini geri çevirmezdi herhalde. Kaynanası, "Eh ne diyeyim Mustafa, sen kararını vermişsin zaten, hakkınızda hayırlısı olsun" diyerek gittikten sonra Mesude ile, nasıl yola çıkacaklarını konuştular. Bebeği kucaklarına alıp minibüse ya da belediye otobüsüne binip kasabaya, oradan da Nazilli'den geçen şehirlerarası otobüse binmeleri gerekiyordu ama bunu yapamazlardı. Hadi şehirlerarası otobüs neyse de buralarda herkes tanıdıktı, bebekle minibüse binemezlerdi.

Köye gece çöküyordu, turistler bile ortalıktan çekiliyordu yavaş yavaş. Deniz durgundu.

Balıkçı, beklenmedik durumlar için bir torba içinde yüklüğe sakladığı kara gün akçasını aldı, cebine koydu. Hepsini bu yolculuğa harcayacaktı, nerden baksan bir süre geliri olmayacaktı artık. Lokantalarda, büyük balıkların el yakan fiyatlarını görüp de balıkçıların çok para kazandığını düşünenler yanılıyordu. Balıkçılar mazot, ağ, boya derken gün kazanıp gün yiyen emekçilerdi.

Mesude bebeği giydirdi, kendileri için de bir bavul hazırladı. Bebeği yayvan sepete yatırıp üstünü örttüler, Mustafa valizi aldı. Sabaha karşı toprak yoldan yokuş aşağı inerken hiç kimseye rastlamadılar. Balıkçı barınağı da boştu. Mustafa, Mesude'yle bebeği kayığa bindirdi, halatları çözerek kendisi de atladı, sonra şamandıradan çözdü, motoru çalıştırmadı, küreklere asılıp kıyıdan ayrıldı. Kimse fark etmeden sakin denizde kayarak uzaklaştılar. Denizin üstünde ferahlatıcı bir serinlik vardı, karanlık gecede yıldızlar, sihirli mücevherler gibi parıldıyordu.

Arkadaşları ertesi gün kayığı sahilde ya da denizde görmezlerse kuşkulanır, sahil güvenliğe haber verirlerdi. Bu yüzden bir iki saat sonra Mustafa, Yusuf'a bir mesaj atacak, kız kardeşinin doğumu için Nazilli'ye gitmeleri gerektiğini söyleyecekti. Kayık için de bir bahane uydururdu elbette. Suya sessizce girip çıkan küreklerle epey açıldıktan sonra Mustafa motoru çalıştırdı. Avucunun içi gibi bildiği karanlık sularda süratle yol almaya başladı. Kayığı kasabaya çok yakın bir barınakta arkadaşı Süleyman'a bırakacaktı.

Her şey düşündüğü gibi gitti. Kasabayı geçip tenha bir koydaki küçük balıkçı barınağına vardılar. Henüz hiç kimse yoktu ortalıkta. Mustafa kayığı, arkadaşı Süleyman'ın Denizkızı adlı mavi-kırmızı balıkçı motoruna bağladı, sonra ona bir mesaj attı. *Kusura bakma kardeş, bir işim çıktı buralarda, kayık bir süre sende kalsın.* Kasabaya doğru yürüdüler, şafak sökerken otogara geldiler. Mustafa, Denizli otobüsüne iki bilet aldı, Nazilli'de ineceklerini söyledi. Sonra otogardaki beyaz plastik sandalyelere oturdular. Mustafa fırından taze çıkmış iki simit aldı, çaycı çocuk da yeni demlenmiş çay getirdi. Simit el yakıyordu, çıtır çıtırdı. Karıkocanın biraz keyfi yerine geldi, ikişer bardak çay da kendilerine gelmelerine yardımcı oldu. Mesude orada plastik sandalyeye yatırdığı bebeğin altını değiştirdi, karnını doyurdu. Yorgun, uykusuz karıkoca hafifçe kestirerek otobüs saatini beklemeye başladılar.

Buraya kadar her şey iyi gitmişti çok şükür. Balıkçı garip bir biçimde hem huzurlu hem tedirgindi. Arada bir güneş yanığı ince kemikli yüzünde, içinde çeşitli renklerin karıştığı çakır gözlerinde belli belirsiz bir gülümseme ışıyor, sonra aniden ciddileşiyordu. Sanki bir gölge vurup geçiyordu yüzüne. Bebek kucağında, Mesude omuzunda uyuyordu. İkisi de sakindi.

Sabah kalabalığı artmaya başladı. Önce esnaflar çıktı ortaya, sonra mobiletli yerliler, otobüs yolcuları, özel arabalarıyla bir yerlere gidenler. Bakkallar, manavlar, balıkçılar, turistik eşya dükkânları, döviz büroları açılıyor, kasabanın normal hayatı başlıyordu. Yabancı turistler öğleden önce çıkmazlardı, ancak ayılıyorlardı herhalde. Güneş yükseldikçe o korkunç sıcak kendini duyurmaya başlıyor, adeta, *hazırlık yapın geliyorum* diyordu. O sırada "Denizli yolcuları otobüsünüz kalkmak üzeredir" anonsu duyuldu, ilk olarak balıkçı ve ailesi bindi, en öndeydi yerleri. Güneş gözlüklü, kısa kollu beyaz gömleğinin omuzlarında apolet olan şoförün sağ yanındalardı. Yarı yarıya doluydu otobüs. Neyse ki tanıdık kimse çıkmamıştı.

Yola çıktıktan sonra Mustafa yer değiştirmek için muavinden izin istedi. "Yol boyunca güneş olacak burası" dedi. Genç çocuk "Tamam" dedi, "istediğiniz yere oturun." Sol tarafa gölgeye geçtiler. Uyuklaya uyuklaya Nazilli'ye nasıl vardıklarını anlamadılar bile. Bir ara Mustafa uyandı, kucağındaki bebeğe, onun masumiyetle kıvrılmış minik dudaklarına baktı baktı, *hayır hayır, ne olursa olsun vermeyeceğim* diye geçirdi içinden. Baba yunusun hediyesiydi bu bebek. *Keşke insanlar da yunuslar kadar iyi olsaydı.*

Nazilli küçük yerdi, deniz kıyısında turistik bir kasaba olmadığı için kendi ilçeleri kadar büyümemişti, sakin bir hayat vardı. Evi kolay buldular.

Dev balık kayığı uçurmaya başlamıştı artık, hiçbir güç durduramazdı onu, açık denizlerin kahramanına ne zoka fayda ederdi, ne misina, ne ip. Balıkçı onun yanında neydi ki, motorun, kayığın ne hükmü olurdu bu gücün karşısında? Motoru sonsuza kadar böyle götürebilirdi. Mustafa'nın elleri, günlerdir ipi tutmaktan, gereğinde kaloma verip, gereğinde sıkıca çekmekten yara olmuştu. Derken balık sıçradı, denizden bütün görkemiyle, lacivert ışıltısıyla bir kule gibi yükseldi. Kılıcı gökyüzüne uzandı. Mustafa onu görür görmez "Allah'ım ne kadar güzel yaratmışsın" diye mırıldandı. "Ne muhteşem bir yaratık, hiç kıyılır mı buna, helal olsun sana balık" dedi ve bıçağı kaptığı gibi ipi kesti. İp derin denizde hızla yitip gitti. Mustafa içinde büyük bir ferahlama hissetti. "Kısmetten öte yol yokmuş" dedi, "demek ki eceli gelmemiş, helal olsun sana balık, yaşamayı hepimizden fazla hak ediyorsun."

O sevinçle uyandı, önce karanlıkta her şey yabancı geldi, nerde olduğunu kavraması üç beş saniye aldı. Mesude yanında yatıyordu, içine bir ferahlık yayılmıştı adamın. Filizlerin evindeydiler. Kucaklarında bebek olduğu için gelir gelmez her şeyi anlatmak zorunda kalmışlardı. Filiz doğurdu doğuracak haldeydi, ayaklarını aça aça zorlukla yürüyordu. Mustafa'nın söylediklerine annesiyle birlikte şaşırıp kaldılar. Ne diyeceklerini bilemediler. Mustafa yalvaran bir tavırla planını anlattı, "Durum bu işte, başka hiçbir çaremiz yok" diyerek tamamladı sözünü. Mesude söze karışmıyordu.

Filiz, "Nasıl olacak bu abi" dedi, "hastaneden bir bebekle çıkıp, iki tane doğdu mu diyeceğim, kayıt kuyut var, nasıl yaparım böyle bir şey? Hem Selim'e nasıl anlatacağız durumu, hiç böyle bir şey duymadım."

Selim enişte bankadaydı, mesai sonunda gelecekti. Gerçi Mustafaların geleceğini biliyordu ama bebekten haberi yoktu tabii.

Anneleri, "Durun bakalım" diye araya girdi, "hele biraz soluklanın, yemek yiyelim, sakince düşünelim bu işi ama tabii en önemlisi Selim'in ne diyeceği."

"Durup dururken bir evladın daha oldu mu diyeceğiz adama?" Filiz'in yanakları al al olmuştu, "Hastanede kayıt var anne" diye hatırlattı, "ne diyorsun sen, Selim evet dese bile kanun var nizam var memlekette."

O zaman Mustafa sıkılıp büzülerek hafif bir sesle, "Evde doğursan Filiz" dedi, "ebeyle, hani hepimizin doğduğu gibi."

Filiz abisinin yüzüne hayretle baktı, ayağa kalktı, "Allah'ım bana sabır ver, hayret bi şey yaa" diye söylenerek içeri gitti.

Annesi, "Oğlum dedi, olmaz öyle şey, evde doğuramaz, zaten gebeliği çok zor geçti, Allah korusun ters bir şey olursa... Yok yok, bunu çıkar aklından, ebe olmaz."

Mesude kocasına, "İstersen biz biraz sonra kalkıp eve dönelim Mustafa" dedi ama anne ayağa kalktı. "Hayır" dedi, "gelmesi sizden göndermesi bizden, durun bakalım bir düşünelim, şimdi sofrayı kuralım, hadi kızım."

Filiz'in rahatsızlığını bahane ederek öğleden sonra odasından çıkmaması Mesude'nin gücüne gitti. Kocasına, "Baksana bizi istemiyor, hadi kalkıp gidelim" diye ısrar etmeye başladı. "Aç değiliz açık değiliz çok şükür, insan istenmediği yerde kalmaz."

Mustafa karısına hak veriyordu, onca yakın olduğu Filiz'in davranışı onun da kalbini kırmıştı ama planından vazgeçmek istemiyordu. "Dur bakalım" diyordu "belki de şaşkınlıktan yapıyor bunu, hem hamile, sinirleri ayakta."

Mesude direttikçe diretti, "Sanki bir tek o mu gebe kaldı, hepimiz biliriz bu durumu, misafirini kovmaktan beter etmez insan hamileyim diye, işte besbelli, banka memuru karısı oldum diye kurum kurum kuruluyor, bizi aşağı görüyor" diye söyleniyordu. "Tosbağa kabuğundan çıkmış da onu beğenmemiş."

Mustafa ne kadar yapma etme dediyse de söz dinletemedi, Mesude bir pansiyon bulalım diye ısrar ediyordu, "Hani bizim orda Fatma teyzenin pansiyonu var ya öyle bir yer bulalım hadi."

Akşam yaklaşıyordu, nerede ne bulacakları belli değildi, Nazilli'de pansiyon var mıydı acaba, otele gitseler bir dünya para tutardı. Ertesi sabaha kadar bekleseler ne vardı sanki? Ama Mesude Nuh dedi, peygamber demedi. Mustafa baktı ki onuru kırılmış olan kadına söz geçiremeyecek, daha fazla direnemedi, bavullarını toplayıp, ufak ufak mızmızlanmakta olan bebeği alıp odadan çıktılar.

Anne salonda örgü örüyordu, "Hayrola nereye" dedi, Mustafa olup biteni anlattı. Anne önlerine geçti, "Dünyada olmaz" dedi, "hiçbir yere gidemezsiniz, olur mu canım böyle şey?" Bavulu Mustafa'nın elinden koparır gibi aldı, sonra Mesude'yi elinden tutup kanepeye oturttu. "Bak güzel gelinim" dedi, "sen Filiz'in kusuruna bakma, çok zor bir hamilelik geçirdi, daha önce iki bebek kaybettiler, bu sefer üç ay kıpırdamadan yattı, durup durup ağlıyor, sinir namına bir şey kalmadı. Sizinle ilgisi yok, vallahi yok kızım. Hem zaten burası benim evim sayılır, beni çiğneyip de hiçbir yere gidemezsiniz."

Kadın o kadar güçlü, kararlı konuştu ki kimsede itiraz edecek hal kalmadı. Mustafa bavulu odaya götürdü, döndüğünde anası bebeği seviyordu. "Mesude nerde?" diye sordu. Anası bebeği kucağında sallarken kaşıyla gözüyle Filiz'in odasını işaret etti.

Mesude Filiz'i, beyaz lake yatak odası takımıyla döşeli, şifonyerli, aynalı tuvalet masası olan süslü odada, pembe kırlentlerin serpiştirildiği, pembe yatak örtüsünün üzerine uzanmış sessiz sessiz ağlarken buldu. Mesude'yi görünce Filiz doğruldu, "Buyur yenge" dedi, "kusura bakma, sana karşı çok ayıp ettim ama asabım hakikaten çok bozuk." Biraz daha alçak sesle devam etti: "İki düşük yaptım yenge, bunun da ne olacağı belli değil, Selim'e söylemedim ama geçen gün doktor, bebek galiba ters gelecek dedi. Sezaryen diyorlar, ben de korkuyorum."

Mesude ağlayan kızın yanına oturdu, bir koluyla sarıldı, eliyle de gözyaşlarını silmeye çalıştı. "Ben seni anlamam mı Filiz" dedi, "küçücük bir çocukken tanıdım seni ama Mustafa düşüncesizlik etti, bu zor günlerinde başına böyle bir dert açmamalıydı. Bu yüzden biz gidelim, gönül koyma, senin yüzünden değil."

Filiz, "Yenge ne olur yapma" dedi, "zaten kendimi nasıl affettireceğimi düşünüp duruyordum, lütfen gitmeyin." Mesude ısrar edince daha da beter ağlamaya başladı, "Kendimi hiç affetmem yenge" dedi, "eğer giderseniz çok daha fena olurum, ne olur, sen büyüklük göster, gitmeyin güzel yengem benim."

Mesude baktı ki kızın hali gerçekten fena, daha fazla ısrar edemedi. "Peki" dedi, "madem öyle bir iki gün kalır döneriz."

Filiz, "Aslında sizin gelişiniz yüreğimi kabarttı yenge," dedi, "memleketimden nefes getirdiniz." Sonra kâh ağlayıp, kâh yengesine sarılarak içini dökmeye başladı. "Ben burada boğuluyorum yenge" dedi. "Köyümüzün denizi, meltemi, kokusu yok, her yer ova, her yer tarla, sonra da dağlar, her gün aynı dağları görüyorum, ruhum daralıyor." Konuştukça biraz açılıyordu. Bir yandan da gözyaşlarını siliyordu. "Evet, Selim iyi bir insan, sağ olsun ama sıkıcı, sabah bankaya gidip akşam geliyor, bazen öğle yemeğine de gelir, kravat gömlek çıkarmadan pijama altı giyer, sonra yine bankaya. Birkaç memur hanımı var görüştüğüm ama ben alışmışım balığa çıkmaya, ağ atmaya, dağlardan ot, mantar toplamaya; sanki bir zindana attılar beni burada, ah yenge, siz bana durumumu iyice fark ettirdiniz. Anacığım geldi sağ olsun, destek oluyor bana. O da olmasa çıldırmak işten değil."

Mesude kendini kızın yerine koyunca ona yerden göğe kadar hak verdi. Kendisi de –Allah korusun– hanımelleri, yaseminler, muz ağaçları, lavanta, mandalina, limon dolu bahçesinden, sulu çekirdeksiz üzümler veren asmasından, çardağından, her sabah yumurta aldığı tavuklarından, imbatından, melteminden, bin bir çeşit balıkla donanan sofrasından ayrılıp da bu beş katlı apartmanın, kapıların önünde ayakkabı yığını olan, lahana kokulu, loş binanın ikinci katında bir daireye tıkılsa aklını oynatacak gibi olurdu. Herkesin, banka memuruna gelin gitti, şehirli hanım oldu diye gıptayla baktığı Filiz'in durumu içler acısıydı sahiden.

"Bak güzel görümcem" dedi ona, "bebeğini kucağına alınca bunların hepsi geride kalacak, mutlu olacaksın, insanın alıştığı yer önemli tabii ama evin, ailen burada, zamanla buraya da alışırsın." Uzanıp şefkatle Filiz'in saçına dokunduktan sonra devam etti. "Gelen memur, doktor hanımları da bizim oraları beğenmiyor. Çok nem var, duvarlar bile çürüyor, herkes romatizmalı burada, yaşlılar iki büklüm diyorlar. Onlara göre de denizden ekmeğini kazanmak zor, tehlikeli. Memuriyet gibi var mı, her ay başı maaşın yatıyor bankaya. Hem kıyıda bar disko çok, çocukları zaptetmek zor, her türlü ahlaksızlık var diyorlar. Bir de pahalılıktan şikâyet ediyorlar. Turistik yerlerde fiyatlar katlanıyormuş."

Filiz, "Doğru" dedi, "bizim oralara göre burası çok ucuz."

"Bak," dedi Mesude, "her şeyin iyi yanı da var, kötü yanı da, oğlan mı geliyor, kız mı, adını ne koyacaksınız?"

"Oğlan geliyormuş, Selim babasının ismini koymak istiyor Hamit diye, ama ben modern bir ad istiyorum. Keremcan, sonunda Hamit'i göbek adı yapmaya karar verdik. Ben Keremcan diyeceğim."

Mesude "Allah analı babalı büyütsün" dedi.

"Akdeniz'de on altı binden fazla sığınmacı hayatını kaybetti."

Televizyondan verilen bu haberleri, başka zamanlarda dinlemezlerdi ama şimdi hepsi göz kulak kesilmiş, ekrandaki genç kadın spikerin verdiği sayıları, yaptığı röportajları izliyorlardı. Eskiden göz ucuyla baktıkları haberlerde yayınlanan, şişme botlara tıklım tıklım doluşmuş yüzlerce sığınmacı görüntüleri şimdi canlarını yakıyordu. Çünkü onlardan biri yan odada uyumaktaydı. Anasının babasının ne olduğu ise belli değildi. Büyük bir olasılıkla boğulmuşlardı.

Programda konuşan Türk yetkililer Yunanistan'ı suçluyor, Yunan sahil güvenlik mensuplarının, şişme botları delerek batırdığını sonra da sığınmacıları ölüme terk ettiklerini söylüyorlardı. Yunan tarafı ise bunu iftira olarak niteliyor, Türkiye sığınmacıları durdurmuyor, Yunan kıyılarına gönderiyor diye iddia ediyordu. Beş Yunan adasında kırk bin sığınmacının barındığını anlatıyorlardı.

Daha sonra Birleşmiş Milletler yetkilisi konuştu, o kampların feci durumda olduğunu, çadırlardaki çocukların ayaklarını farelerin ısırdığını, kadınların yere çömelip kendi kendine doğurduğunu, tuvalet, duş imkânlarının bulunmadığını anlattı. Konuşmasına eşlik eden görüntüler de içler acısıydı. Mustafa'yla Mesude birbirlerine baktılar, ikisinin de aklından aynı düşünce geçiyordu: *İyi ki bu bebek o kamplarda değil.* Bu düşünce içlerini titretiyordu. Yemekten sonra kahvelerini içerken haberleri izleyen aile dehşete kapılmıştı. Selim, "On altı bin can gitmiş" diyordu. "Akıl alacak şey değil." Melahat Hanım, örgüsünün üstünden bakarak, "Zavallıcıkların ne derdi olmalı ki kendilerini bu tehlikeye atıyorlar" dedi, "kim çoluğu çocuğuyla böyle bir ölüm yolculuğuna çıkar?"

Sakin, yumuşak bir adam olan Selim akşam bankadan eve geldiğinde misafirleri kibar bir "hoş geldiniz"le selamlamıştı. Saçları hafif dökülmüş, tombulca yüzlü, gözlüklü orta boylu bir adamdı. Yanakları pembeydi. Yumuşak sesi ve davranışları, terbiyeli nazik bir adam olduğunu ortaya koyuyordu. Ekrandaki program bin bir çileli görüntüyle devam ederken Melahat Hanım damadına gözüyle televizyonu kapat demek istedi, Filiz'i işaret etti. Selim, durumu anlayıp "Başka bir programa geçiyorum kusura bakmayın" diyerek kanalı değiştirdi.

Gece Mesude, "Selim iyi bir adam değil mi?" diye sordu. "Kibarmış, bu kadar olduğunu bilmiyordum."

Yatak iki kişilikti ama dardı, üstelik bir yandan öbür yana dönünce gıcırdıyordu. Mustafa iki yastıkla yatıyordu, Mesude tek. Perde kapalı olmasına rağmen, apartmanın önündeki sokak lambası aydınlatıyordu odayı.

"Evet" dedi Mustafa. "Filiz'i istemeye geldiklerinde görmüştük, sonra nişanda, düğünde, ama pek konuşmamıştık. Sahiden iyi adammış."

"Herhalde yardım edecek bize. Ben öyle anladım, ya sen?"

"Bana da öyle geldi. Anlayışlı davrandı."

"Hem Filiz iyi ki o huysuzluğu yaptı."

"Niye?"

"Sonra çok pişman oldu. Artık tekrar karşı çıkmaz."

"İyi bari uyuyalım artık."

Mesude dirseğinin üstünde doğruldu. "Bütün bunlara hiç gerek yoktu biliyorsun değil mi?" dedi. Sesinde sitem vardı.

"Niye?" diye sordu Mustafa.

"Kendi çocuğumuz olabilirdi, kimseye muhtaç olmazdık, ben doğuramam mı, gencim çok şükür. Ama sen olmaz dedin."

Mustafa da doğruldu, "Bak" dedi, "Deniz'i doğururken az daha seni kaybetmiyor muyduk, doktor bir daha hamile kalma diye sıkı sıkı tembihlemedi mi seni?"

"Evet ama senin derdin ben değildim Mustafa. Deniz'in yerine kimseyi koyamam diyordun. Çocuk falan istemem ben diye söyleniyordun. Öyle değil miydi, asıl sebep bu değil miydi?"

"Öyle ama sonra fikrim değişti, bir çocuk sahibi olmakla ona kötülük yapacağımız fikri değişti."

"Eeee, niye söylemedin bana o zaman. Niye her beraber olduğumuzda korundun?"

"Daha sonra da senin hastalığın aklıma takıldı. Seni kaybetmek istemedim."

"Hastalık deme, hasta değilim ben."

"Tamam, değilsin, hasta değilsin."

"En az Filiz kadar kadınım ben de."

"Tabii kadınsın ama doktor..."

"Doktor, tehlike olabilir dedi, mutlaka olur demedi. Rahim yapısı falan dedi. Başka doktora da gidebilirdik."

Mustafa sustu. Mesude loş ışıkta yüzüne baktı. "Niye bir şey söylemiyorsun?" diye sordu.

"Kan" dedi Mustafa, "çok kan vardı."

"Oldu geçti" dedi Mesude, "çocuğu kurtardık ya."

Sonra kandan kurtarılmış ama sudan kurtarılamamış çocuğu düşündüklerini itiraf edemeden sustular. Söylenecek söz yoktu. Çocukları ölmüş ailelerin birbirinin yüzünde gördükleri acı tanıklığın çekingenliği aralarında asılı kaldı, onları uzaklaştırdı.

Bir süre sonra "Tamam" dedi Mustafa. "Artık olan oldu, bu bebeği ben arayıp bulmadım, ben aramadım. Allah gönderdi."

"Balıkla" dedi Mesude.

"Balıkla" dedi Mustafa. "Peygamber gibi, Yunus peygamber."

Mesude "Kim bilir anası nerededir şimdi?" dedi, "Ölü müdür, sağ mıdır kadın?"

"Hadi uyuyalım" dedi adam, karısına sarıldı. Kadın onu dudaklarından öptü, sevişmek istediğini belli etti, kısa, yoğun bir sevişme oldu, Mustafa yine geri çekti kendini. Mesude onu tutmaya çalıştı ama gücü yetmedi. Sonra kadın gücendi, sırtını dönüp yattı. Sessiz sessiz ağladı.

Mutfakta kaynayan sular, havlular, bezler, yatak odalarına girip çıkan kadınlar, odadan gelen ve her duyduğunda Mustafa'nın içine oturan inlemeler, Mesude'nin çığlıkları, "Bir terslik var bir terslik var hissediyorum" diyen adamın bir ara salona gelen kaynanasının ellerine sarılıp, "Ne oluyor anne, ne oluyor, Mesude'ye bir şey mi oluyor?" diye sorması, kadının ciddi yüzünden ve dur bakalım diyen dudaklarından yayılan sır, o zor bekleyiş, ebe kadının kan ter içinde dışarı çıkışı, mutfakta çeşitli otları tohumları havanda ezerek sihirli bir merhem hazırlayan yaşlı ebenin bunu temiz bir tülbente yayarak odaya götürmesi, bu arada adamın sorularını cevapsız bırakışı, evin dışında asmanın altında koşturan Ömer'in "Mesude ablaaaa, Mesude ablam öldü mü, Mesude ablam öldü mü" diye haykırıp duruşu, güm güm güm kapıya vurması, kendi annesinin, "Sen kahveye gitsene, doğum yapılan evde kocanın ne işi var" demesi, onu kaybedersem ben de intihar ederim düşüncesi, Mesude'nin yanından ayrılmayı aklının almaması, neden sonra annesinin odadan elinde bir bebekle çıkıp, "Bir oğlun oldu" deyişi, o ürkütücü sessizlik, onca çığlıktan daha korkutucu olan uğursuz sessizlik, odadan hiç ses gelmemesi, Ömer'in bile artık bağırmıyor oluşu, Mustafa'nın bebeği kucağına almayarak odaya dalışı, –kan, kan, kan... sanki Mesude bir al bayrak üstünde yatıyor– kanın aşırı kırmızı, aşırı ışıltılı görünüşünün yarattığı korku ve dehşet duygusu, Mesude'nin halsiz gülümseyişi, eve yayılan karanfilli lohusa şerbeti kokusu. Sonra kucağına aldığı bebeğin lohusa şerbetine karışan mis kokusu. O güzel bebeği kollarında tutuyor olmanın benzersiz hazzı, şaşkınlığı.

Birkaç gün sonra Raziye rengi solmuş kızını alıp devlet hastanesine götürdü. Gençliğinde kendisine yapılan o utandırıcı muayene kızına da yapıldı. Sonra doktor ciddi bir tavırla, "Çok büyük bir tehlike atlatmış" dedi, "keşke hastanede doğum yapsaydı, ebe kanı neyle durdurdu bilmiyorum, tesadüfen hayatta kalmış kızınız ama bir daha doğum yapması çok riskli. Ben olsam yapmam."

Mesude kendisinden çok yaşlı olan doktor hanıma bakıp, *nasıl yapacaksın zaten* diye düşündü. Kadının davranışları, söyledikleri hoşuna gitmemişti. Belki de asıl hastaneye gelse ölecekti kim bilir, Zübeyde ebe köydeki bütün hamile kadınları doğurtmuştu, ayrıca otların, tohumların, ağaçların dilini bilirdi, bebekli kadınlara sataşan albastıları, umacıları kovardı. Üzerlik yakılmamış ev bırakmamıştı köyde.

Deniz'in engin, karanlık sularda yitip gittiği gün, doğumda olup bitenleri düşünmüştü. Hiç aklından çıkmamıştı zaten.

Ev sahipleri o kadar inandırıcı bir tavırla özür dilediler, kalmaları için ısrar ettiler ki Mesude ve Mustafa dönmekten vazgeçtiler. Mesude kaynanasıyla birlikte mutfağa girdi, Filiz'in elini sıcak sudan soğuk suya değdirmediler. Çoğu zaman yüreği daralan Mustafa akşam yemeğinden sonra şehrin sokaklarını arşınlamaya başladı. Sokak lambalarının soğuk ışığı altındaki boş asfalt yollara vuruyor, sigara içiyor, iki yanda sıralı apartmanların ışık yanan camlarına ve sokak kedilerine bakıyor, o evlerden gelen televizyon seslerine kulak kabartıyor, çöpleri karıştıran sokak köpeklerinin uzağından geçmeye dikkat ederek yürüyor da yürüyordu.

Renkler, kokular, sesler değişmişti, hayatında hiç deniz kıyısından ayrılmamış olan Mustafa, insanların karada nasıl yaşadığını anlayamıyordu. Milyon verseler oturamazdı burada. Sık sık Filiz'in haline üzülüyordu, kardeşi de deniz çocuğuydu, daha beş altı yaşlarındayken kıyıda yengeçleri tutar, yanındaki mavi plastik minik kovasına atardı. Büyüdükçe iyi bir balıkçı olmuştu. Ağ serer, paraketeleri hazırlar, çapariye çıkar, denizle haşır neşir bir hayat sürerdi. Hatta bazen Filiz'in kendisinden daha iyi balıkçı olduğuna kanaat getirir, onun büyük bir balığı yakalarken kalomayı gevşetme ve sıkma uzmanlığına hayran kalırdı.

Avla avcı arasındaki acımasız zekâ oyununun önemli bir parçasıydı bu. Misinayı fazla gevşek bırakırsan balık döner misinayı koparır giderdi. Fazla gergin tuttuğun zaman ise bir iki çırpınmayla yine koparırdı. Biraz kaloma verip, biraz gergin tutup, misinanın gevşemesine ve kopmasına imkân vermemek epey bir ustalık gerektirirdi. İşte Filiz bu işi en iyi beceren balıkçıydı. Mustafa dayanamayıp bir gün bunu yüzüne söyleyince de Filiz gülmüş, "E," demişti "biz kadınların işi ne, sizi de böyle idare ediyoruz işte, her kadın doğuştan bilir bunu."

"Yaşa be Filiz Reis" demişti abisi, gülmüşlerdi. Filiz çok iyi bir balıkçıydı.

Buralarda yaşaması zordu kızın, boğuluyor gibi olduğunu anlıyordu halinden tavrından. Deniz insanı denizde kalmalıydı, kara insanı karada.

Gelişlerinin altıncı, yedinci günü olmalıydı ki Yusuf aradı, Kekeç'in ağından bir ceset daha çıkmış, Kekeç ağı çekerken çok büyük bir balık takıldı diye düşünmüş heyecanlanmış ama sonra bir erkek cesedi çıkmış denizden. "Of be of" diye iç geçirdi Mustafa. Aslan balığı, balon balığı, sarpa, balık çiftlikleri derken şimdi de cesetler basmıştı denizi.

Kim bilir o cesetleri yiyen kaç balık vardı. Kendileri de o balıkları yiyorlardı. Bunu düşününce midesi bulanır gibi oldu. Daha çok midesini bulandıran ise Yusuf'un, "Senin yokluğuna hayret ediyor herkes" demesi oldu. "Jandarmalar da sordular, bilmiyorum dedim ama sende bir bebek olduğu lafı çıkmış köyde. Sözüm ona evde saklıyormuşsunuz, köyü bilirsin, her köşesinden dedikodu fışkırır ama bir an önce gelsen iyi olur Mustafa."

Yüreğini hoplatan bu haberi, zaten çeşitli sıkıntılar içinde bunalan Mesude'ye anlattığında kadının yüzü karardı. "Bir bu eksikti" dedi, "bir bu eksikti. Kim gördü, ne zaman gördü ki bu haber yayıldı?" Mustafa çekingen bir ifadeyle, annen diyecek oldu ama kadın hemen susturdu onu. "Saçmalama" dedi, "hiç annemden laf çıkar mı?"

"Doğru" dedi Mustafa "çıkmaz. O zaman kim gördü, kim duydu, hani senin arkadaşlar gelmişlerdi çaya, onlar mı bir şeyden kuşkulandı acaba?" Kadın bir an düşündü, "Valla" dedi "Ebru çok dedikoducudur, Aslı'ya güvenirim de ona pek güvenmem, duyduğu sesi kedi diye geçiştirdik ama belki de yutmadı bunu."

"Neyse" dedi adam, "nasıl olsa bebeği ortaya çıkaracağız artık. Enişte çok merhametli bir adammış."

"Öyle" dedi Mesude. "El oğlu ama bize daha iyi davrandı. Bu çocuğu ona borçluyuz."

İki gün sonra Filiz hastanede bir oğlan doğurdu. Doktoru son anda sezaryen yapılmasına karar vermişti. Öyle de oldu ama sorunsuz geçti. Kaşı gözü belli, bıcır bıcır bakan, pembe beyaz bir oğlandı. Eve geldiğinde, mavi renkte süslü fırfırlı örtülerle kaplanmış beşiğine yatırıldı. Bütün aile ve komşular dualarla kutsadılar bebeği. Yeni bebek 3 kilo 200 gram doğmuştu. Kendi zayıf bebekleri de aşağı yukarı o ağırlığa gelebilmişti. Zaten çok küçük olduğu için bir kuşku uyandırmazdı, yine de kimsenin Filiz'in bebeğiyle kendi Denizlerini yan yana görmemesi gerekiyordu. Bebeklerin birisi şeftali gibi pespembe, öteki ise epeyce esmerdi, ikiz olduklarına kimse inanmazdı. Mesude buna da bir çare düşünüyordu. Köylerinde kimsenin ne zaman gelip yerleştiklerini bilmediği siyahi Türkler vardı. Bunlara Arap deniyordu ama belli ki çok eski zamanlarda, ataları Afrika'dan gelmişlerdi. Kendileri de hatırlamıyordu kökenlerini. Bunların genç kızları yüzlerine yoğurt maskesi yaparlardı beyazlamak için. İşe de yarardı doğrusu. Mesude yavrusunun yüzüne her gün yoğurt sürecek, onu ağartacaktı. Zaten o kadar siyah da değildi. Daha çok kara sarı zeytin karışımı bir teni vardı.

Oğlan çocuklarına hep yapıldığı gibi çıplak resimlerini çektiler. Mesude, Deniz'i makyaj için kullandığı bembeyaz pudrayla ovdu, üzerinde de biraz bıraktı, esmer çocuk bir anda tuhaf bir aklığa büründü. Fotoğraf açılarını ve ışığı da ayarlayarak, sonunda yumuk yumuk bacakları kıvrılmış, pipileri dünyaya meydan okuyan teşhirciler gibi ortada, tam resim sırasında çalınan çıngırağa hayretle bakan, ikiz oğlan bebek fotoğrafı elde ettiler. Sonra bebekleri kucaklarına alıp ailece poz verdiler.

Bir sabah vakti Mustafa'yla Mesude yola çıkıp önce kasabadaki kayıkhaneye, oradan da köye gittiler. Akşam karanlığında balıkçı barınağına girip motoru bağladılar, ortalıkta tanıdık kimse yoktu. Eve varınca kapıda bir not buldular; muhtarlığa bir savcılık celbi bırakılmış. O geceyi huzursuz geçirdi karıkoca. Bebek bile ilk kez huzursuzdu. Mustafa uyuyamadı kalktı, terasa, asmanın altında sigara içmeye çıktı. Denizde kalamara çıkmış iki cılız ışıklı tekne dışında hiç kimse görünmüyordu. Köy uyuyordu, uyurken kimseden zarar gelmezdi ama uyanıkken insanların şeytandan bir farkı yoktu. Nedense herkes birbirinin açığını arardı, hep tanıdıkları insanları konuşurlardı. Hele küçük yerde dost gibi görünenlerin bile arkandan söylemediği laf kalmazdı. Gece yasemini kokusu almıştı ortalığı, bir de hanımeli. Çocukluğundan beri birbirine karışan keskin yasemin ve tatlı hanımeli kokusu başını döndürürdü. Bir bu kokuları severdi bir de deniz kokusunu. Islak ağlardan, gece nemini çekmiş kayıktan gelen koku da bambaşkaydı. Yıllardır kendine unutturmaya çalıştığı başka bir güzel koku daha vardı tabii. O koku, bebeğin boynunu kokladığında gelirdi hep. Yıllarca aklına getirmemeye çalışmıştı, şimdi tekrar o kokuyu alabildiği için şükrediyordu. Deniz'in boynuna üflediği zaman hafifçe kıkırdaması, ellerini birbirine denk getiremeyerek çırpmaya uğraşması, o elleri izleyen gözlerin hafifçe şehla oluvermesi, o sırada boğum boğum bacaklarının havayı dövmesi, birden ağzından çıkan aaaa, uuuu, daaa sesleri.

Sigarasını söndürdü, ayaklarının ucuna basarak içeri girdi.

Mesude, "Uyumuyorum" dedi, "şimdi kalkıp doyuracağım bebeği." Bebek arada bir hafifçe inler gibi bir ses çıkarıyor sonra bir süre susuyordu. Mustafa o küçücük bedene bakınca, nasıl olup da açık denizde, karanlık suların üstünde onca saat geçirdiğine şaşar kalırdı.

Mesude çocuğu tam uyandırmamak için odanın ışığını açmadı. Sütü hazırladıktan sonra mutfaktaki ampulü açık bırakmıştı. Mustafa yarı karanlık odada bebeğin yüzünün bembeyaz olduğunu gördü. Mesude "Yoğurt sürdüm" diye fısıldadı, "inşallah akça pakça olacak benim evladım."

Ertesi sabah Mustafa iki saat uykuyla başı ağrıyarak kaygılar içinde savcılığa gitmek için minibüse binerken, köylüler Mesude'nin bir bebek arabasını eğri büğrü yollardan iterek annesinin evine gittiğini gördüler. Böyle haberler köyün yerlileri arasında çok eski çağlardan kalma bir gelenek uyarınca, yıldırım hızında yayılır. Bu yüzden *Mesude'nin bebeği var* haberini duyanların çoğu bir bahane uydurup sokaklara, özellikle de Raziye Hanım'ın evine giden yollara çıktılar. Kadınlar üçerli dörderli gruplar oluşturmuşlar, konuşup duruyorlardı. "Meğer batan tekneden kurtulan bebeği aldıkları doğruymuş, meğer bebek işi dedikodu değilmiş." Ama bu nasıl olabilirdi, madem dedikleri gibi Mustafa bebeği denizden kurtarıp saklamıştı, o zaman nasıl ortaya çıkarıyorlardı böyle gündüz gözü. Mesude, ilk Denizleri için kasabadan özene bezene hevesle aldıkları, bebeği içine koyarak sevinç ve gurur karışımı bir duyguyla sahilde gezdirdikleri ama o uğursuz günden sonra kimseye vermeye kıyamayıp sakladığı bütün eşyası gibi, her bakışta içinin ezilmesine rağmen odanın bir köşesinde tuttuğu mavi bebek arabasıyla annesinin evinden çıkınca ortalık hareketlendi. Merhaba diyen kadınlar, Mesude'nin yanına geldi. Eğilip bebeği görmeye çalıştılar. Bebeğin yüzü, üstüne gerilen beyaz tülbentten dolayı hayal meyal görülebiliyordu.

Mesude, "Nazilli'ye görümceme gitmiştik. Filiz'e" dedi kadınlara, "Hamileydi, doğuma gittik, ikiz oğlan doğurdu maşallah, birini de büyütmemiz için bize verdi. Hep beraber Deniz koyduk adını."

Bu açıklama, sonra da cebinden çıkarıp gösterdiği iki çıplak bebek resmi üzerine iyi niyetli birkaç genç kadının yüreği kabardı, gözleri nemlendi. "Hayırlı uğurlu olsun, analı babalı büyüsün Mesude" dediler, "demek hikmetinden sual olunmaz

Allah, size bir başka Deniz verdi. Filiz'e de bravo doğrusu, vicdanlı kızmış."

Böylece işin ilk bölümü atlatıldı. Deniz, köy halkına tanıştırılmış oldu. Ama yine de bazı ağzı karalar, "bu işin içinde bir iş var" demekten geri durmadılar. Hele içleri genç kadınların mutluğuna karşı tuhaf bir ekşimeyle dolu birkaç yaşlı kadın, "iki haber üst üste geldi" dediler, "tuhaf bir şey, dur bakalım kokusu çıkar yakında."

Mesude kalbi çarpa çarpa eve geldi, kapıyı sıkıca kapattı, bebeği doyurdu, artık kıvrım kıvrım dudaklarıyla biberonu bir kapışı vardı ki Mustafa'yla seyretmeye doyamıyorlardı. Deniz'i doyurduktan, altını temizledikten sonra yüzündeki beyaz pudrayı yumuşak nemli pamukla sildi. Bacak arası pişiklerine sürdüğü pudrayı yüzüne de uygulamıştı ne olur ne olmaz diye ama bugün başka bir şey deneyecekti. Televizyonda Uzakdoğulu kadınların pirinç suyuyla tenlerini beyazlattıklarını dinlemişti. Bir de onu deneyecekti. Ne yapıp yapıp yavrusunu beyazlatacaktı. Aslında zeytuni rengi, kudretten sürmeli gibi duran gözleri, kıvrık siyah kirpikleri çok hoşuna gidiyordu. Ne var ki bu durumda onun akça pakça Filiz'in çocuğu olduğuna kimseyi inandıramazdı.

Bu sırada Mustafa savcının karşısında ter döküyordu. Zaten girer girmez savcının çatılmış kaşlarını, ciddi yüz ifadesini görünce korkmuştu ama ona sert sert bakınca korkusu daha da arttı. Savcı, "Gel bakalım Mustafa Efendi" dedi, "sığınmacı kadın komadan çıktı, ifadesinde bebeğin annesi olduğunu söylüyor. Kendi adı..." kâğıtları karıştırdı, "Zilha Şerif. Bebeğinin adı da..." yine kâğıtlara baktı, "Samir Şerif. Bu konuda seni bir kez daha ifadeye çağırttım, mutlaka bir şeyler görmüş olmalısın."

Mustafa "Vallahi billahi savcı bey, ne bildiysem söyledim" diye öyle bir telaşla kendini savunmaya başladı ki savcı daha da fazla kuşkulandı. Zaten Mustafa'yı ele veren bu telaşlı hali olmuştu. Diğer balıkçılar olayı sakin sakin anlatıp gidiyorlardı ama Mustafa kızarıp bozarıyor, savcıyı inandırmak için fazla çaba harcıyordu.

"Peki" dedi savcı, "evdeki bebek neyin nesi?"

O anda Mustafa başına yumruk yemiş gibi çöktü. Demek ki bu arada o bilgi de ulaşmıştı savcılığa. *Tabii küçük yer herkes herkesi biliyor, sinek uçsa duyuluyor.* Yine o soğuk odada ter döküyordu. Aslında oda eskisi kadar soğuk değildi. Savcı da arada bir mendille burnunu siliyordu. Mustafa, *demek ki aşırı soğuk dokunmuş, klimayı kısmış* diye akla ziyan şeyler düşündü. Bundan sonraki düşüncesi *ben salağım, süzme salak,* oldu.

Savcının uyarısı üzerine kendine gelip, "Filiz" dedi, "kardeşim ikiz doğurdu, birini bize verdi, işte böyle." Sustu, aklına başka bir söz gelmedi. Savcı hapşırdı, ona çok yaşa demeyi bile akıl edemedi, sersemlemişti.

"E nüfus idaresinden doğum kayıtlarını da... Haaapşu..."

Savcı bir daha hapşırınca kendine gelir gibi oldu. "Çok yaşayın sayın savcım" diyebildi.

Savcı, "Bırak bunları" dedi, "bebeği annesine göstereceğiz, ayrıca kardeşin nerde yaşıyor dedin, haaaa Nazilli, yaz kızım Nazilli'den Filiz ... soyadı neydi, Kumbasar, Filiz Kumbasar'ın hastane ve nüfus kayıtlarının istenmesine..."

Mustafa gerisini duyamadı bile, başı dönüyordu, yere yıkılmak üzereydi. Odadan nasıl çıktı, minibüse nasıl bindi, eve nasıl geldi hiç hatırlamıyordu. Sadece, "Ne oldu, başına bir şey mi geldi?" diye telaşla soran karısına "Mahvolduk" diyebildi ve kendini yatağa atıp huzursuz bir uykuya daldı. Mustafa'nın böyle bir huyu vardı, başına bir bela gelince ve onu çözme imkânı olmayınca karşı koyamayacağı bir uyku basardı. Karısı şaşar kalırdı ona. Oğulları öldüğü gün on saatten fazla uyumuştu, zaten acısından yarı baygın hale gelen karısı konu komşuya rezil olacaklarını düşünerek onlara ne yalan atacağını bilememişti. Sonradan sonraya bunun bir duyarsızlık olmadığını, altında daha derin bir şeyin yattığını hissetti.

Ertesi sabah daha şafak sökmeden Mesude, bebeği annesine bıraktı, kasabaya gideceğini, orada bir işi olduğunu söyledi. Kasabadaki devlet dairelerinde, şirketlerde, alışveriş merkezlerinde, lokantalarda mutlaka köylerinden, komşularından birkaç tanıdık bulunurdu. Düzenli bir maaşı, balıkçılığın zorluklarına tercih eden, bekçilik, tezgâhtarlık, kasiyerlik gibi işler yapan, kızlı erkekli genç insanlardı bunlar. Mesude o gün devlet hastanesinde temizlikçi olarak çalışan Kübra'yı görmeye gidiyordu. Bir gün önceden sözleşmişlerdi zaten. Minibüsün sağ yanına oturan Mesude, başını cama dayayıp, kasabaya varana kadar dalgın dalgın denize baktı. Minibüs, yoldaki çukurlardan geçerken sarsıldığında başı cama vurup duruyordu. Hastaneye yürürken de güneş tepesindeydi. Yazın en sıcak günlerinden biriydi, güneş tepeye yaklaştıkça ısı artıyordu. Neredeyse asfaltlar eriyecekti.

Hastane her zamanki gibi ana baba günüydü. Koridorlar boyunca sıra bekleyenler, yoğunluktan illallah demiş, canından bezmiş doktorlar, hemşireler, ellerinde reçetelerle oraya buraya gidenler, yemek kokuları arasında ve kan ter içinde derdine çare arayan, bazıları ağlayan insanlar... Mesude'nin içi sıkılıverdi birden. Kübra'yı konuştukları gibi lokantanın zeminini paspaslarken buldu. Çocukluk arkadaşı Kübra, ufak tefek, siyah gözleri hep gülen, köy güzellerinden biriydi. Temizlikçi olduğu için hastanenin her bölümüne girip çıkabiliyordu. Belli ki sevdirmişti kendini oradakilere. Beyaz önlüğü, plastik kovası ve paspasıyla görenlerden kimi ona hangi servisi, hangi doktoru nerede bulacağını soruyor, kimi çok beklediklerinden yakınıyor, hemşireler ve doktorlar ise ona gülümseyerek hafif bir selam veriyorlardı. Kübra Mesude'nin kaygılı halini görünce hiçbir zaman eksilmeyen neşesiyle yine şakalar yapmaya başladı.

"Neler oluyor burada neler bir bilsen" dedi. "Geçenlerde yaşlı bir teyzeyi erkekler tuvaletinden çıkarken gördüm, çarşaflı, dininde diyanetinde bir teyze, elinde de bir ördek, ördek dediğim yataktan kalkamayan hastalar için kullanılıyor, çiş toplamaya yarayan şey, sen de sahici ördek mi sandın, aman be Mesudeee, ne safsın. Neyse dedim ki, ana ana burası herifler için, bak kapıda herif işareti var, yanlış girdin. Kadın bana ters ters baktı, *peki kocamın çişini nereye dökeceğdim gızım, o da herif* demez mi. Günlerdir buna gülüyoruz."

Bu hikâye Mesude'yi de gülümsetti ama aklı fikri o göçmen kadında olduğu için kendini pek veremedi. "Telefonda sözünü ettiğim kadını sordun mu?" diye konuya girdi. "Nasıl, ne yapıyor?"

"Sordum tabii, gördüm bile. Komadan çıktı çok şükür" dedi Kübra, "normal servise alındı ama sürekli ağlıyor, hani kadınlar yas tutarken göğsünü bağrını paralar ya, bu da öyle işte. Yemiyor içmiyor Samir, Samir diye dövünüyor."

Samir adını duyunca Mesude'nin içinde bir tel koptu.

Kübra tedirginliğini saklamaya gerek görmeden "Mesude" dedi, "niye görmek istiyorsun sen bu kadını?"

"İçimden geldi" dedi. "Benim de çocuğum denizde kayboldu ya..."

Kübra, Mesude'nin yüzüne düşen keder gölgesinden utandı biraz.

"Kusura bakma" dedi. "İlk başta anlayamadım, kusura bakma. Yine de kimseye söyleme. Bekçi yok kapıda ama ne olur ne olmaz."

Dördüncü kat koridordaki odalardan birine girdiklerinde Mesude üç hasta gördü. İkisi yaşlı, biri genç üç kadın. Yaşlılar başlarını halsizce çevirip gelenlere baktılar. Esmer genç zayıf yüzlü kadın ise siyah zeytinlere benzeyen iri gözleriyle süzüyordu onları. Mesude ya bildiğinden ya da gerçekten benzediğinden olmalı, kadının gözlerinde Deniz'i gördü. Bebeğin anası olduğunu bir bakışta anladı, hiçbir kuşkuya yer yoktu. Genç kadın birden yabancı dilde bir şeyler söylemeye, ağlamaya, yakınmaya başladı. Ne dediğini anlamasalar bile kadının umutsuzluk içinde kıvrandığını görüyor, sesindeki yakıcı acıyı kavrayabiliyor, Samir Samir diyerek çırpınmasını görebiliyorlardı. Öteki hastalardan biri Kübra'ya, "Kızım" dedi "ne olur bu kadını alın buradan, gece gündüz ağlıyor, rüyasında bile bağırıyor, dayanacak halimiz kalmadı, vallahi kalmadı." Odadaki diğer hasta daha yaşlı bir kadındı, neredeyse kemikleri görülen yüzünde gözleri derine kaçmıştı.

Kübra "Tamam teyze" dedi, "doktorlara söylerim. Geçmiş olsun."

Mesude gözlerini kadının acı çeken yüzünden ayıramıyordu. Sanki acı ete kemiğe bürünmüş, kadının yüzünün çizgilerine, bakışlarına yerleşmişti. Tam acı da değildi bu. Acı, korku ve umut, evet şaşılacak şey ama umut. Kendi hali de böyleydi Deniz Deniz diye inlerken. Gerçi hâlâ inliyordu, dinmezdi bu acı. O anda göçmen kadını kendisi olarak algıladı. Sanki Mesude yatıyordu o yatakta ve Deniz Deniz diye sayıklıyordu. Birden koşup kadına sarıldı. Elleri zayıf kadının kemiklerine dokundu, kaburgaları sayılıyordu neredeyse. Kübra onu kadından zor ayırdı ve koridorda Mesude'ye epey söylendi. "Zor duruma mı düşürmek istiyorsun beni" dedi. "İşimden mi olayım senin yüzünden?"

Mesude hastaneden çıktığında kendini de hasta hissediyordu. Mide bulantısını zor bastırarak minibüse atabildi canını. Dönüş yolunda saçlarından, alnından akan ter gözyaşlarına karışıyordu.

O gece kocası ile, evlilikleri boyunca hiç yapmadıkları kadar şiddetle kavga ettiler. Mesude bebeği annesinden almamıştı. Doğru eve gitmiş, kocasına "Mustafa, yarın sabah bebeği geri veriyoruz" demişti. "Samir'i annesine teslim ediyoruz."

Sesinde ve yüzünde sezilen kesinlik Mustafa'yı önce ürküttü, sonra kızdırdı. "Bir kere onun adı Deniz dedi, Samir falan değil, anladın mı, anladın mı kadın? Beni iyi dinle o bebek hiçbir yere gitmiyor tamam mı?"

Mesude onun gözlerinin içine bakarak, "Asıl sen beni iyi dinle" dedi. "O bebeğin annesi var, bugün gidip gördüm kadını. Ben Deniz'i kaybettiğim zaman nasıl cehennem acılarına gömüldüysem o kadın da Samirinden dolayı o durumda. Yanıyor kadın diyorum anlamıyor musun, yanıyor."

Mustafa sertçe kolundan tuttu kadının, "Nasıl!" diye bağırdı. "Nasıl, ne dedin sen? Benden habersiz hastaneye mi gittin? Niye yaptın bunu? Hem de bana hiç haber vermeden."

"Bana bağırma" dedi kadın! "Bana bağırma, sesini yükseltme!"

"Benden habersiz nasıl gidersin o kadına?" diye yine bağırdı adam. Yüzü öfkeden kasılmıştı. Sözlerinin her vurgusunda kadını sertçe sarsıyordu. Elini kadına vurmak ister gibi yukarı kaldırmıştı.

Mesude de sesini yükseltti. "Ne yapacaksın be?" dedi, "Vuracak mısın bana, vur, vur hadi. Ben çocuk hırsızı değilim!"

Mustafa "Şu rezilliğe bak!" diye bağırdı, "Sen kadın olup bana bir evlat veremiyorsun, sonra da kaderin bana hediye ettiği oğlumu geri vermeye kalkıyorsun, hadi yıkıl karşımdan."

Bu kadar sertlik üzerine Mesude gözlerinde nefret ifadesiyle kocasına baktı, başına bir sıcaklık yükseldi aniden, içinden o kasılmış surata sert bir tokat patlatmak geldi, yapardı da ama son anda kendini tuttu, bir pisliğe bakar gibi küçümseyerek süzdü Mustafa'yı, sokak kapısını çarparak evden çıktı gitti. Annesinin evine doğru yürürken sinirden titriyordu. Mustafa'yla hiçbir zaman bu hale gelmemişlerdi. *Artık yüz yüze bakamayız* diye düşünüyordu, *bu laflardan sonra yüz yüze bakamayız, hem şeytan görsün yüzünü. Neredeyse vuracaktı bana yahu. O duyduğumuz adamlar gibi.*

Olan biteni annesine anlatmak istedi, onu üzmek pahasına yapmak istedi bunu, çünkü hem içini dökmeye ihtiyacı vardı, hem de annesinin kendisini koruması, kararını yerine getirmesine yardımcı olması gerekiyordu.

Akşamın alacakaranlığı çöküp de köyün ışıkları yanmaya başlarken olanı biteni annesine anlatmıştı. İçini dökmüş, Mustafa hakkında aklına eseni söylemişti. "Ben bir daha o adamla yüz yüze bakmam anne" diyordu. "Bitti artık." Görmüş geçirmiş anne ise onun saçını okşayarak sakinleştirmeye çalışıyor, "Dur bakalım kızım, hele birkaç gün geçsin aradan o zaman tekrar konuşuruz" diyordu. Bir an öyle bir görüntü oluştu ki Mesude bile sinirli sinirli güldü, "Halimize bak" dedi. Mesude annesinin dizine yatmıştı, Raziye Hanım onun, o da Samir Deniz'in saçını okşuyordu. Mustafa'nın o gece annesinin evine gelmeye cesaret edemeyeceğinden emindi. Öyle de oldu.

O gece Deniz'i koynuna aldı, sabaha kadar bebeğin kokusunu içine çekerek, boynunu koklayarak, saçlarını okşayarak ninni söyledi. Deniz iki kere uyandı, Mesude, bebeğin altını değiştirdi, biberonunu verdi, sonra kendisine bile garip gelen bir şey yaptı. Biberondan süt damlatarak meme başına sürdü, çocuğun ağzını yaklaştırdı. Bebeğin o memeyi kapması ve iştahla emmesi içine tarif edemeyeceği bir doygunluk, bir haz, bir sevinç, aynı zamanda da bir korku ve acı verdi. Gözlerini kapattı. Meme başından yayılan duygu yoğunluğu başını döndürdü. Deniz kucağındaydı işte, beyaz badanalı evinde mutlu yeni gelin ona meme veriyordu, birazdan sevdiği adam dönecekti balıktan, bebeği aralarına alıp yatağa uzanacaklar, onu hayran hayran, kendilerinden olduğuna inanamadan, bir mucize gören müminler gibi seyredeceklerdi. Gece boyunca uyanıp uyanıp bebeğin nefesini dinleyeceklerdi. O gül nefesini. Mustafa Mesude'ye şükran dolu bir ifadeyle bakıyordu. "Bana bu hediyeyi verdin ya... ne diyeyim bilemiyorum" diyordu. Kadın, kocasının dudaklarını öperek susturuyordu onu. Sanki fazla konuşurlarsa o büyü bozulacakmış gibi.

Mesude gün ağarana kadar sağlıklı bebeğin kollarını iki yana açmış, sonsuz bir teslimiyet içinde uyumasını seyretti. İçi Mustafa'ya duyduğu öfkeyle, bebeğe duyduğu şefkat arasında gidip geliyordu.

Mustafa o rüzgârsız, yaprak kıpırdamayan geceyi, asmanın altında yumruk mezesiyle rakı içerek geçirdi. Çay bardağı dolup dolup boşalıyordu. Aç karnına o kadar rakı balıkçıyı iyice çarptı. Bir çözüm bulmaya çalışıyor bulamıyordu. Bir ara kayınvalidesinin evine gidip kapıya dayansa ne olur diye düşündü, hatta bu işe niyetlendi. Ne var ki Mesude'nin öfkeden kasılmış yüzü gözlerinin önüne gelince cesareti kırıldı. *Herhalde bitti artık* diyordu, Mesude'nin çok sabırlı olduğunu ama kafası kızınca her şeyi göze alabildiğini biliyordu. Ve bu sefer zıvanadan çıkmıştı.

Sabaha karşı, tan yerleri ışımadan, deniz ağarmaya başladığında toprak yoldan balıkçı barınağına inerken iki yana sallanıyordu, hatta kayığa binerken sendeledi, suya düşecek gibi oldu. Hayatında ilk kez oluyordu bu. O gün iyice uzaklara gitti. Derken hafif rüzgâr denizi uyandırdı, dalgalar sahile vurmaya başladı. Sanki deniz sabah uyuşukluğunu üzerinden atarak geriniyordu. Mustafa serdiği ağı çekerken yırtıklar görür görmez çıldırır gibi oldu. O adi balon balıkları ağları yine parçalamıştı. Çok kalın ağlar olmazsa kuvvetli çenesi, keskin dişleriyle paralayıp çıkıyordu menhus hayvan. Kayığı iki yana sallayarak ayağa kalktı, denize doğru "Balon balığı mısın nesin, Allah belanı versin. Balon gibi patla inşallah" diye haykırdı.

Bilmedikleri denizlerden Allah'ın bir gazabı gibi gelen bu canavar sürüsü ekmekleriyle oynuyordu artık. Mengene gibi çenesinde bir alt bir üst diş vardı. Bu iki dişle misinaları koparıyor, ağları parçalıyor, önüne gelen balığı yutuyor, hayatı balıkçılara zehrediyordu. Mustafa henüz kalın ağlardan alamamıştı, parakete misinalarını da oltanın ucundan koparıp gidiyorlardı. Bir bakıyordu ki yüzlerce parakete misinası suda salınıp duruyor. Kalın ağ da alacaktı tabii, son günlerin karışıklığı içinde fırsat bulamamıştı ama Allah razı olsun Kekeç'in verdiği çelik misinaları yanına almıştı. Tenekeleri bile parçalayan o korkunç çeneye çelikten başka bir şey dayanmıyordu. Hatta çok irileri çelik oltayı bile koparıyordu.

Mustafa bir gün tuttuğu bir balon balığını eline alıp incelemiş, dokunduğu anda balığın üst kısmının bir balon gibi şiştiğini, yüzünün de giderek timsaha benzediğini görüp ürkmüştü. Bu arada o koca iki diş neredeyse parmağını koparıyordu. Mustafa çelik misinaları, kancalara yem takarak saldı denize. Durmadan çekmeye başladı, deniz bu canavarlarla kaynıyordu. Mustafa çektiği her balon balığını sandalın içine atıyor, havasızlıktan ölmesine fırsat tanımadan sopayla vura vura öldürüyordu. Balığın beşine onuna birden vuruyor, onların balonlaşmış gövdelerinin patlamasından, safra gibi bir şeylerin çıkmasından, iç organlarının yayılmasından müthiş zevk alıyordu. Her vuruşta sövüyordu balıklara. Sandalın tabanı kan içinde kalmıştı. Mustafa vurdukça kanlar ellerine, boynuna, yüzüne sıçrıyordu. Sonra delice bir enerjiyle tekrar tekrar balık çekiyor, her balığı sandalın dibindeki kan, et, pul, bağırsak peltesinin içine atıyor, haykıra haykıra onları eziyor da eziyordu. Hayatı boyunca hiç tatmadığı bir şiddet zevki karanlık bir su gibi yükseliyordu içinde. Şiddetin şiddeti yükselttiği bir sarmalın içine düşmüştü.

Kim bilir ne kadar devam etti bu katliam. Sonra birden yakınından seslenen bir ses duydu.

"Mustafa, Mustafa, heyyyy, ne oldu sana?" diye soruyordu ses. Güçlükle kendine gelerek başını kaldırdı, arkadaşı Çiroz'u seçebildi. Dizlerine kadar balık ezmesi içindeydi, yüzü gözü kan kesilmişti. Çiroz "Of of" dedi, "ne oluyor Mustafa? Herkes seni merak ediyor, kayıklardan gördük, haline inanamadık."

"Sana ne" diye bağırdı Mustafa, "sana ne oluyor, rahat bırak beni, defol git."

Çiroz, "Mustafa kardeşim" dedi, "halin hal değil, bak diğer arkadaşlar da geliyor." Mustafa o sırada yaklaşan motor sesleri duydu, diğer kayıkçılar neredeyse yanlarına varıyordu. Çiroz, "Bırakmayız seni" dedi, "adam ol, söz dinle, benim sandala gel, zaten hepimize karşı koyamazsın."

Mustafa'nın üzerine büyük bir halsizlik çöktü o anda. İki kolu iki yanına düştü. Bıraksan o pelteye kayıp yıkılacakmış gibi duruyordu. Sandalı yaklaştıran Çiroz çelimsiz gövdesiyle, bir ayağını onun sandalına atarak Mustafa'yı kolundan tuttu ve yanına aldı, oturttu. Motoru çalıştırıp ayrıldı oradan, nasıl olsa arkadaşları boş sandalı kıyıya getirirlerdi. Onlara tamam işareti yaptı. Mustafa kıçta oturmuş, gözlerini yere dikmiş öylece duruyordu. Yusuf ona bidonla su uzattı. "Yüzünü yıka birader" dedi, "bu halde kimse görmesin seni, hem bu balık zehirli değil mi?"

Mustafa hiçbir şey söylemeden, onun sözünü dinledi, bidonu aldı, yüzünü yıkadı, kan revan içindeki yüzü gözü biraz temizlendi, ondan sonra da dondu kaldı. Ne bir ses ne bir nefes. Taş kesilmişti. Köye varınca Çiroz, milletin meraklı bakışları arasında Mustafa'yı sürükler gibi evine götürdü. Niyeti ona bir şeyler yedirip kendine gelmesini sağlamaktı. Buna fırsat kalmadan Mustafa'nın kendisini yatağa attığını ve derin bir uykuya daldığını gördü. Üstünü örtüp gitti. Mesude'yi boşuna evde aramadı, çünkü köydeki herkes çiftin arasının açıldığını, kadının anasının evine gittiğini öğrenmişti.

Ertesi gün Mesude, ökseye yakalanmış küçük bir kuş gibi çırpınan yüreğine bastırdığı bebeciği alıp hastaneye gitti. Dördüncü kata çıktı, hasta kadının yattığı odaya girmeden önce Samir Deniz'i son kez öptü, sonra zavallı kadın daha ne olduğunu anlayamadan bebeği onun kucağına bıraktı; kadının gözleri büyüdü, inanamadan baktı bebeğe. Mesude'yle göz göze geldiler, kadın bir şey soracakmış gibiydi, elini uzattı, zayıf, esmer, kemikli bir kol çıktı hastane gömleğinin yeninden. Çaresizlikten erimiş bir bedenin yardım ve şükran çığlığıydı o el. Bu sessiz çığlığı duydu Mesude, bir tek o duydu. Dehşetle titredi, içinde pişmanlıkla mutluluk birbirini yok etmeye çalışıyordu, hiçbir şey söylemeden kaçar gibi uzaklaştı oradan. Koridorda yürürken odadan yükselen çığlıkları, kadının Samiiiirr diye yürek yakıcı bir sesle haykırmaya başladığını duydu. Merdivenleri koşarak indi, sıcak güneşin altında nereye gittiğini de fark etmeden yürüdü, yürüdü, yürüdü. Beyni uyuşmuş gibiydi. Kasabanın bilmediği bir mahallesinde bilmediği bir bahçe duvarının üstüne oturdu. Saatlerce kaldı orada. Neden sonra minibüse binip annesinin evine gitmeyi akıl edebildi.

Sabah jandarma Mustafa'yı evden, Mesude'yi de annesinin evinden aldı. Kamyonetin arkasına ikisini karşılıklı oturttular. Yanlarında birer jandarma vardı. Sallana sallana giderken karıkoca hiç göz göze gelmediler. İkisi de yere bakıyordu. Bu yüzden köyde iki yana dizilmiş, onları hayretle süzen, fısıldaşan, kimi dost, kimi düşman köylüleri de görmediler.

Mesude ilk kez karşısına çıktığı savcıya olanı biteni noktası noktasına anlattı. Sadece Mustafa'yı suçlamadı, kendisini de kattı olayların içine.

Mustafa ise, içine yuvarlandığı dipsiz kuyunun dehşetini yaşarken, bir yandan da savcının niye onca zaman yalan söylediğiyle ilgili sert soruları karşısında ezildikçe ezildi.

Sonunda savcı ikisini de çocuk kaçırmak, alıkoymak, resmi makamlara yalan ifade vermek gibi birçok suçtan tutuklanma talebiyle mahkemeye sevk etti. Hızlı bir sorgudan sonra Mesude tutuksuz yargılanmak üzere serbest bırakıldı, Mustafa ise cezaevine konuldu.

Mustafa cezaevine girerken yine o tuhaf duruma gelmişti. Sanki başka birinin başından geçiyordu her şey, kendisi de dışarıdan izliyordu. Avurtları çökük, zayıf yüzlü yeni tutukluya, "Ne oldu?" diye sordu gardiyan. "Bilmem" diye cevap verdi. "Ne demek bilmem?" dedi gardiyan. "Ne yaptın da düştün buraya?" "Hiç" dedi omzunu silkerek. Bunun üzerine gardiyan kızdı, kendi kendine bir şeyler homurdanarak demir parmaklıklı kapıyı açıp Mustafa'yı içeri itti. "Hiçmiş, hiçmiş, sanki burası tatil köyü." Güneşten meşin gibi yanmış çizgili yüzünden, ellerinden ve uzakları süzer gibi görünen dalgın bakışlarından adamın balıkçı olduğu belliydi ve bu deniz adamları nedense böyle tuhaf olurlardı. Gardiyan yıllar içinde öğrenmişti bunu.

Küçük koğuştaki dört adam yeni gelene "Hoş geldin" dediler, "Allah kurtarsın kardeş."

"Hoş gördük" dedi Mustafa.

Sonra kendisine gösterilen ranzaya oturdu. Tutuklular çay demlemişti, ortadaki küçük bir tahta masada içiyorlardı. Onu da davet ettiler. Zararsız adamlara benziyorlardı. Biri hariç, hepsi aşağı yukarı kendi yaşındaydı. Biraz daha büyük olan tilki suratlı adam ise hiç güven vermiyordu. Yüzünden hile akıyordu adamın. İki küçük, birbirine yakın gözü fırıl fırıl dönüyordu. Belli ki kader kurbanı dediklerinden değildi bu adam. Bu işlere alışkındı. Tabii ki cezaevine gelen kişiye sorulacak ilk cümle gecikmedi.

"Neden düştün kardeş buraya?"

Mustafa, "Bilmem" dedi, "kendi halinde bir balıkçıyım ben."

"Ama balık tutmak yasak değil ki kardeş" dedi biri. Güldüler.

"Tabii değil, denizde ceset buldum. Göçmen cesetleri, herhalde fırtınada şişme botları batmış."

Bunun üzerine çipil adam, "Eyvah" dedi, "bizim batan bottan düşenler mi yoksa?" Bunun üzerine bütün başlar ona döndü.

"Sen mi kaçırıyordun bu garibanları?" diye sordu Mustafa.

"Evet" dedi adam, "benim işim bu ama bazen böyle talihsizlikler yaşanıyor işte."

Öteki tutuklulardan biri trafik kazasından, biri taahhüdü ihlalden, bir diğeri de arazi sahibini tehditten yatıyordu. Hiçbiri suçu meslek edinmiş adamlar değildi. Gelgelelim çipil gözlü, belli ki bu işlerin adamıydı. Zaten kendisi de anlatıyordu, bir şey saklamıyordu. "Kaç kere girdim çıktım, işimiz bu" diyordu. Mustafa'nın gözünün önüne denizdeki cesetler geldi, adama öfke duyması gerekiyordu ama nedense üstüne bir kayıtsızlık çökmüştü yine.

"Asıl sorun baştakilerde," diye anlatmaya devam ediyordu adam. Sesinde garip bir yakınma tonu vardı. "Göçmenlerin geçişini bazen serbest bırakıyorlar, bize izin veriyorlar, sonra bir bakıyorsun yasaklayıveriyorlar. Siyasete göre. Arada yanan biz oluyoruz tabii."

"Bir de göçmenler," dedi tutuklulardan biri.

"Tabii" dedi adam, "onlara da yazık ama biz ne yapalım. İstanbul'dan şişme bot getirtiyoruz. Yedi sekiz bin dolar, tabii bir de başka masraflar var, hükümet serbest bıraktı hatta teşvik ediyor diye bütün hazırlığımızı yapıyoruz. Birden pat diye yeni karar çıkıyor; yasak, geçişler yasak." Ekonomik krizden yakınan bir iş adamı havasında konuşuyordu. "Ama bir kere kaç kişiyi kıyıya taşımışız, masraf etmişiz, haydi dolduruyoruz insanları bota, yallah denize. Çoğu zaman da Yunan sahil güvenlikten kurtulup, onları adalardan birine, ıssız bir kıyıya sağ salim indiriyoruz. Bazen de fırtına patlayıveriyor, deniz bu, ne yapacağı belli olmaz."

"Niye sık sık batıyor bu botlar," diye sordu Mustafa. "Fazla adam alıyorsunuz herhalde."

Adam başını önüne eğdi, "Evet" dedi, "ne yalan söyleyeyim, kim gelirse almaya çalışıyoruz. Botun taşıma kapasitesinin üstüne çıkıyoruz ama başka türlü kurtarmıyor, masrafları çıkaramıyoruz." Mustafa'nın yüzüne baktı. Daha inandırıcı biçimde devam etmeye çalıştı: "Her seferimiz başarılı değil ki. Bazen Yunan hücumbotları bizi tekrar Türk sularına itiyor, öteki taraf da almıyor, haydi sana bir can pazarı."

"Bu son sefer nasıl oldu?" diye sordu Mustafa.

Adam iç geçirdi, "Felaket oldu" dedi, "Pakistanlı, Afgan, Afrikalı... Çok fazla insan vardı. Bot zaten zar zor gidiyordu. Tam kıyıya çıkacakken Yunan devriyesi bizi yakaladı. Karaya ayak bastırmadı, çektiler Türk sularına doğru. Nereye gideceğimizi, ne yapacağımızı bilmiyorduk, başka bir adaya ulaşmaya çalıştık. Gece olmuştu, rüzgâr sertleşiyordu, başka adalarda da müsait bir sahil bulamadık. Bu arada teknedekiler çoluk çocuk huzursuzlanmaya başladı, bir bebek ağlıyordu, sonra kadınlar yüksek sesle bağırıyorlardı. Paniklemişlerdi. Bu da tehlikeyi artırdı, sakin olun yerinize oturun dediysek de korku içindeki insanlara dinletemedik. Sonra iyice kuvvetlenen rüzgâr bizi savurdu, alabora olduk."

"Can yelekleri yok muydu?"

"Vardı ama kimi kurtuldu, belki de adalara çıktı, kimi gece karanlığında kayboldu gitti. Çoğu can yeleği de... Kısmet işte. Vadeleri gelmiş belli ki."

Mustafa adama kızmak, hem de çok kızmak istiyordu ama üstüne çöken halsizlik, elini kolunu bağlayan dermansızlık sürüp gidiyordu.

"Ya bebek" diyebildi.

"Hangi bebek?" diye sordu adam.

"Galiba bir bebek kurtulmuş."

"Hey büyük Allah'ım" Adamın yüzüne bir gülümseme yayıldı. "Öldürmeyince öldürmüyor işte. Demek o bebek kurtulmuş. Cenabıhakk'ın bir mucizesi işte, vadesi gelmemiş. Genç bir kadın," diye devam etti. "Bebeğiyle binmişti, arada bir üstüne bir örtü örterek bebeği emziriyordu. Yanında da bir küçük şişme bot vardı. Hani şu çocukların oynadığı cinsten. Batacağımız anlaşılıp da can pazarı oluşunca, bir ara bebeği o kırmızı, kenarları yüksek küçük botun içine koyup bağladığını gördüm. Kendisi de suya atladı, en son o oyuncağı itmeye çalışıyordu denizde. Sonra karanlıkta kayboldu gitti."

Dinlediklerinden dehşete düşen diğer tutuklular adama, bu binlerce göçmenin nasıl geldiğini sordular.

Çipil gözlü adamın anlattıkları, hiç bilmedikleri bir dünyanın kapısını aralıyordu. "Afrika'dan gelenler önce mutlaka İran'a getirilirler" diyordu. "Afganistan, Pakistan gibi ülkelerden savaştan kaçanlar da İran üstünden gelir. Buradaki patron İran'dakilerle görüşür. Bir göçmen grubunu alıp günlerce yürüyerek dağlardan aşırıp sınıra getirirler. Bazen güvenlik yakalar grubu. Herkes bir yana kaçar, dağlarda kaybolurlar. Çoğu da kurtlara yem olur ya da soğuktan donarak ölür. Sınırı aşabilenleri Türk patronun adamlarına teslim ederler, onlar da herkesi şok evleri denilen, herkesin bir arada kaldığı büyük evlere koyarlar. Eğer şansları varsa sıcak yemek verilir. Orada ne kadar bekleyecekleri belli olmaz. Sonra alırlar bunları kıyıya bize getirirler. Çok büyük, uluslararası bir iş bu. Büyük para dönüyor."

Mustafa gece kendini ranzaya attı, anında derin bir uykuya daldı, öyle derin ki ne ses duydu, ne düş gördü, ruhu bedeninden uçup gitmişçesine uyudu da uyudu. Sabah ne koğuştakilerin konuşmaları uyandırdı onu, ne transistörlü radyodan çaldıkları türkü, ne gardiyanın sesi, ne dışarıdan gelen belediye anonsları. Mesude bile aklına gelmiyordu. Hep böyle olurdu zaten, o kanlı canlı insan denizde bir kayaymış, bir taşmış gibi garip bir biçimde donardı. Ama bu sefer ilginç bir şey oldu. Uyandırılmadan hemen önce bir düş gördü. Düşünde bacağını bir yılan ısırıyordu. Her şey aynen çocukluğundaki gibiydi.

Üç arkadaş, İncilipınar'ın karşısındaki ıssız adaya gitmiş, tepeye tırmanarak kim bilir kaç yüz yıldır kullanılmayan manastıra yürüyorlar. Ada makilik, yol yok, çalıları, bitkileri aralaya aralaya ilerliyorlar. Tam tepeye yaklaştıklarında benekli yeşil bir yılan dolanıyor bacağına, Mustafa çığlık atıyor, elindeki sopayla yılana vurmaya başlıyor. Yılan makilerin arasına kaçarken bacağında bir nokta yanıyor. Bir yanma hissediyor. Bileğe yakın bir yerden sokmuş. İki arkadaşı onu telaşla kıyıya götürüyor, küçük kayığa yatırıyorlar. Yılmaz ısırığın hemen üstüne bir bez sarıp orayı sıkıştırıyor. Sonra süratle küreklere asılıyorlar, bir yandan da zaten çok yakın oldukları kıyıda dolaşan, çalışan köylülere bağırıyorlar; yılan soktu, yılan soktu.

Mustafa'nın yüzü al al olmuş, terliyor. Kıyıya varmaları olsun olsun beş dakika sürüyor ama bu arada Mustafa'nın ateşi yükselmiş, baygınlık geçirmeye başlamış.

Birdenbire zaman geçiyor. Bu olay artık eskide kalıyor. Üç arkadaş, bu olayı anıyorlar, iyi ki bağırıp insanları uyarmışız diyorlar. İyi ki Zübeyde ebe sesleri duyup kıyıya hemen ağu otu koşturmuş. Zehri emip, yarayı temizlemiş, ağu otuyla sarmış. Zaten köydeki bütün yaşlılar, dağdan bayırdan topladıkları şifalı otların kıymetini bilir. Yılmaz, omzundan tutup sarsarak, "Uyan, uyan Mustafa, uyuma" diyor. "Yılan sokmasından sonra uyumak tehlikeli."

Mustafa o sırada gözünü açtı, önce omzunu sarsıp onu uyandırmaya çalışanın kim olduğunu anlayamadı. Sonra hapishanede olduğunu, omzunu da orada tanıdığı adamlardan birinin sarstığını kavradı. "Avukat geldi, seni görmek istiyor, hadi kalk artık" diyordu adam.

Mustafa güçlükle kendine geldi, yüzüne su çarptı, sonra gardiyan onu görüş bölümüne götürdü. Genç, uzun boylu, gözlüklü bir avukat bekliyordu orada. Savcı tutuklama talebiyle Mustafa'yı hakimliğe sevk ettiğinde tanıştığı avukattı bu. Genç adam, Muğla Barosu'ndan olduğunu hatırlattı, adını tekrar söyledi. Ama Mustafa'nın zihni o kadar karışıktı ki yine aklında tutamadı. Genç avukat iyi niyetli birisine benziyordu. Mustafa ilk olarak para ödeyip ödemeyeceğini sordu. Avukata ödeyecek parası yoktu, zaten günlerdir balığa da çıkamıyordu.

"Hayır" dedi avukat, anlayışlı bir tavırla gülümsedi. "Geçen sefer de söylediğim gibi bir şey ödemeyeceksiniz, baro atadı beni."

Bunun üzerine Mustafa rahatladı, "İyi bari" dedi.

Avukat, "Zaten önemli bir soruşturma değil," dedi, "iyi niyetlisiniz, bir çocuğun hayatını kurtarmışsınız, ayrıca kaçma ve delil karartma şüpheniz yok. Yeri yurdu belli bir balıkçısınız. Bence Savcı Bey takipsizlik verebilirdi ama..." Avukat sustu, hafifçe gülümsedi. Mustafa soru sorar gibi baktı onun yüzüne. Avukat bir dosta sır verircesine, "Belli ki önceki ifadelerinizde biraz kızdırmışsınız onu" dedi. "Yedi gün içinde tutuklama kararına karşı itiraz hakkımız var. İtirazda bulunacağız. Bence bu olayda Ceza Kanunu'nun 30/4 maddesi uygulanabilir."

Balıkçı "O madde nedir avukat bey?" diye sordu, "Para cezası falan olmasın!"

"Hayır" dedi avukat yine gülümseyerek. "İşlediği fiilin haksızlık oluşturduğu hususunda kaçınılmaz bir hataya düşen kişi cezalandırılmaz. Bu olayda da siz bir yandan bebeğin hayatını kurtarırken aynı zamanda onu alıkoymanın suç olduğunu düşünmeyerek kaçınılmaz hataya düşmüş oluyorsunuz. Merak etmeyin."

Balıkçı bir bebeğin hayatını kurtararak nasıl hataya düştüğünü anlayamadı. Ancak "Allah razı olsun!" diyebildi.

Avukat "Eşiniz için de aynı gerekçeyi kullanarak takipsizlik kararı verilmesini talep edeceğim" dedi. Mustafa yine "Allah razı olsun" diyebildi.

Başı dönüyordu, eşiniz sözünü duyunca daha da artmıştı baş dönmesi. Hiçbir şey düşünmek istemiyordu. Koğuşa döndüğünde ne olduğunu soranlara kısaca durumu anlattı, onların verdiği tostu yedi, çayı içti, sonra sağ olun diyerek yine yattı. Sanki düşünceler kafasının içinden telaşla bir yere kaçar gibiydi. Düşünmek, hatırlamak tehlikeliydi, alttan alta bunu duyumsuyor, kaçmaya çabalıyordu. Yoksa daha birkaç gün öncesine kadar karısı ve oğluyla yaşayan adamın içine düştüğü o karanlık boşluk kendisini yutacaktı.

Bundan hem korkuyor, hem de düşmeyi istiyor gibiydi. Ne olacaksa olsundu, bitsindi artık bu iş. Kendisini kayığın dibinde havasızlıktan çırpına çırpına, kuyruğunu çarpa çarpa can veren balıklara benzetiyordu. İnsanı boğan su o canlıyı yaşatıyor, kendisini yaşatan hava o canlıyı boğuyordu. Anlaşılmaz bir şeydi bu. Başkalarına mutluluk getiren çocuk, onlara felaket getirmişti. *Deniz, ana karnında aylarca suyun içinde kalmıştı, niye o zaman boğulmamıştı? Sonra niye suda boğulmuştu?* Derken yine düşünmeye başladığını fark etti ve midesinden boğazına yükselen bir panik havasıyla bu düşünceleri kovup uyumaya çabaladı. Yırtıcı bir kuş kanat çırpıp duruyordu içinde.

Mustafa'yı eskisinden de beter bir durgunluk içinde gören arkadaşları, bu durumu bebeği yitirmesine mi, Mesude'yle ayrı oluşuna mı yoracaklarını bilemediler. Hapisten çıktıktan sonra onu yine aralarına almaya, sahilde rakı sofrası kurmaya, biraz da olsa neşelendirmeye çalıştılar ama nafile. Mahkeme onu suçsuz bulmuştu, genç avukatın dediği gibi olmuştu her şey. Buna rağmen Mustafa bir hayalet adam olmuştu artık, ruhu içinden çekilmişti. Tan yerleri ağarmadan kalkıp denize açılıyor, öğlene doğru dönüp balıkları simsara teslim ediyor, sonra evine gidiyordu. Hiç kimseyle konuşmaması da cabası.

Köyün yaşlıları araya girip kimi Mesude'yle, kimi Mustafa'yla konuşmaya çalışmışlar, bir barışma yolu bulmak için ellerinden geleni yapmışlardı ama o da nafile. İkisinin de burunları düşse yere eğilip almaya niyeti yoktu. Hele Mesude'nin.

Gel zaman git zaman köy bu duruma alıştı. Olup biten her şey gibi bunu da olağan karşılamaya başladılar. Zaten köyleri, derinlere dalıp çıkardıkları süngerler gibiydi. Acıyı da üzüntüyü de sevinci de felaketi de içine çeker, sindirir, hayatına devam ederlerdi. En garip olayı bile "Tabii" diye anlatırlardı. Tabii o da öldürmüş karıyı, dam çökünce altında kalıp ölmüş tabii, oğlan da kızı kaçırmış tabii. Bu "tabii"lerin, her olayı doğal görmelerin sonu gelmezdi. Hiçbir şey hayret verici değildi, her şey doğaldı.

Mustafa denizde bir daha cesede rastlamadı ama balıkçıların ağlarına takılıp ölmüş bir yunusu çıkardı, niye çıkardığını bilmeden. Ağları kesip yüzeye çıkarınca yaşar diye ummuştu belki de ama o güzel yaratık yaşamadı, karanlık sularda yitip gitti. Mustafa uzun süre arkasından baktı balığın, adına hayat, ölüm, sevda denilen garip şeyler üzerine düşündü. Balon balıklarına da öfkesi dinmişti artık, her şeye öfkesi dinmişti. Bunu anlamış gibi bir martı gelip sandala konuk oldu. Baş tarafına kondu. Hiçbir şey anlaşılmayan ifadesiz gözlerle oraya buraya bakıp duruyordu. Mustafa ona ekmek attı, kuş havada yakaladı. Sonra alışkanlık oldu bu. Bir arkadaş edinmişti kendine.

Bir gün lacivert suların sandala çarparak, beyaz köpüklerle tatlı tatlı çırpınmasına baktı durdu, sanki denizin dibini görecekmiş gibi, gözünü hiç ayırmadı. Sonra suya girdi yavaş yavaş, sandalın kenarına tutunarak. Çenesine kadar suyun içinde sandala asılarak epey bekledi. Ellerini bırakmayı, denizin tatlı serinliğine karışıp gitmeyi hayal etti. Kolay bir ölüm olurdu bu. Amaçsız hayatına yakışan bir son. Hiç korku duymuyordu, ellerini bırakmak bir kurtuluştu. Yine de kafasının gerisinden bir ses yapmamasını söylüyor gibiydi. *Neden* diye soruyordu o sese, *neden yapmayayım, ne olacak ki?* O ses vızıldayıp duruyordu inatçı mı inatçı bir biçimde. Belki de *günah* diyordu.

Suda ne kadar kaldığını bilmiyor, bir saat mi, iki mi yoksa daha mı fazla? Yaklaşan bir motor sesi, artık ölmek için bile geç kaldığını bildiren bir uyarı gibi çarptı kulağına. Adam gibi ölmeyi bile becerememişti. Zaten gözü üstünde olan arkadaşları, onu sandalda göremeyince merak etmiş olmalıydı. İster istemez kendini sandala çekti, ıslak giysileriyle uzandı. Zaten yüzme bilen bir kişi, denizde boğularak intihar etmeyi başarabilir miydi ki? Öyle bir karar alsa bile, vücudu o karara uyar mıydı? Bu mümkün olsaydı, yatakta yatarken de bir insan nefesini tutmaya karar verip kendini öldürebilirdi. Boş boş şeyler düşünüyordu. Boşu boşuna saatlerce denizde kalmıştı. İçinden gelen ne olursa olsun, vücudu sandala asılıp hayata tutunacaktı işte.

Az önce ellerinin kayığa tutunduğu yere baktı. Ancak o zaman sandalın çok sürüklenmiş olduğunu anlayabildi, akıntı alıp götürmüştü ötelere. Yusuf ona "Hey" diye bağırdı, "Yunan'a iltica etmeye mi niyetlendin, nedir bu hal, neredeyse Yunan botu gelecek üstüne." Cevap vermedi, motoru çalıştırıp yekeyi köye kırdı.

Evinde Mustafa'nın en çok canını acıtan şey, Mesude'nin küçük, beyaz, ince parmaklı elleriyle diktiği gece yaseminlerinin o acımsı, baştan çıkarıcı kokusuydu. Mesude'nin eli bereketliydi zaten, ne dikse yeşerirdi. O yasemini de evin duvarına sardırmış, beyaz çiçeklerinin açışını hayran hayran izlemiş, Mustafa da karısının o güzelim çiçeklere gösterdiği sevecen özene hayran olmuştu. Hatta bir gün, Mesude'nin o incecik, zarif, hayal gibi görüntüsüyle yaseminlere elini uzatışına bakmış ve demişti ki "Çiçeğe dokunuşu çiçekten güzel."

Şimdi o yasemin kokusu, içindeki kuyunun durgun suyuna atılan bir taş gibi altüst ediyordu onu. Sanki Mesude gitmişti ama ikizini orada bırakmıştı. Kendi kendine, misina koptu, balık deryada yitip gitti, bir daha ele geçmez diyordu. Bir gece yatakta epey kıvrandıktan sonra bahçeye fırlamış, o yasemini söküp atmaya yeltenmişti. Yapamamıştı tabii; eli, gece nemini çekmiş nazlı çiçeğe dokununca Mesude'nin tenine dokunduğunu duyumsamıştı. Eli varmamıştı. O çiçekler Mesude'yle arasındaki son bağdı. Elleri bile özlemişti kadını. Bebeği ise hiç aklına getirmemeye çalışıyordu. Kafasına bebek nerede, nasıl, kim bakıyor ona gibi sorular üşüşür gibi olunca uykuya gömülüyor ve o karanlık gizemde yitip gidiyordu. Günleri, haftaları da karıştırmıştı artık, hatta ayları da.

Ninelerden dedelerden beri kendi başına yaşayan köylerinde denizin, dağın, ormanın kime ait olduğunu hiç düşünmemişlerdi. Başlarını soktukları küçük evler, bahçeler sahipliydi ama bunun ötesi Tanrı'ya aitti. Hiç doğanın, havanın suyun sahibi olur muydu? Meğerse varmış. Köylerinin karadan, denizden, havadan saldırı altında olduğunu, hem de hepsinin bir anda gerçekleştiğini görmek de varmış kaderlerinde. Alıştıkları dünya farklıydı; deniz kimsenin olamazdı, hava, orman, dağlar, kayalıklardan dökülen ak köpüklü çavlanlar, kayaların altından kaynayan gözeler sahip olunamayacak şeylerdi. Allah'ın nimetleriydi hepsi. Ne var ki uzaklardan gelen yabancılar birdenbire köylerinin taşına toprağına, suyuna yoluna saldırır olmuştu.

Bunu akılları almıyordu bir türlü. Denizi sahiplenen balık çiftlikleri, koylara ağır bir koku yayarak, suyu bulandırarak milyonlarca balığın iç içe yaşadığı balık hapishaneleri kurmuşlardı. Mustafa bu koylara gidemiyordu artık, içi götürmüyordu, arkadaşları da aynı durumdaydı. Çocukluklarında cam gibi olan sular artık boz bulanık çamurlu durgun göllere dönüyordu, o ağır, mide bulandırıcı koku da cabası. Balıkları yetiştirmek için kim bilir hangi kimyasal maddeleri, hangi ilaçları atıyorlardı. Bu tonlarca madde dibe çöküyor, denizi öldürüyordu.

Kanuna göre açık denizde olması gerekiyordu bunların ama dinleyen kim? Parayı veren düdüğü çalar misali istedikleri koya çöküyorlardı. Hepsi de dışarlıklıydı. Ege insanı değillerdi. Kaç kere köye gelen gazetecilere anlatmışlar, belediyeye şikâyet dilekçeleri yazmışlardı ama gazeteler buna yer verse bile aldıran yoktu. Hiçbir işe yaramadı bu yayınlar, dilekçeler.

Köylüler, denizlerinin yavaş yavaş ölümünü izlemekten başka bir şey yapamıyorlardı. Üstüne bir de uzaklardan yabancı balıklar gelmişti. Yabancı insanlarla yabancı balıklar birbirine benziyordu. Hepsi yıkıcı, yok ediciydi.

Bazı maden şirketleri de çam ormanlarıyla kaplı dağlarına göz dikmiş, ormanların arasında ağaç keserek yollar açıp kelleştirmiş, maden aramak için her yeri delik deşik etmişlerdi. Hele bir şirket vardı ki altın çıkarmak için siyanür kullanacağının duyulmasıyla köylüleri çılgına çevirmişti. O zehir yeraltı sularına karışacak, köylerini insanıyla hayvanıyla yok edecekti. Buna karşı yürüyüşler yaptılar, dilekçeler verdiler. Sonuç yine sıfıra sıfır, elde var sıfırdı. Şirketlerin, hükümetten kapı gibi izinleri vardı, silahlı bekçileriyle kimseyi yaklaştırmıyorlardı maden sahasına. Kadınlar her gün beddua ediyor, altınınız batsın, bu dağlar, bu sular, bu ormanlar geri gelir mi diye ilençlere sığınıyor, gönüllerini bir parça ferahlatıyorlardı.

Uzaktan gelen düşmanlar bu kadar da değildi. Koyun sağ yanındaki ormanla kaplı burunda kocaman bir otel yapılacağı duyulmuştu. Şimdiden ormanı kesip yol yapmaya başlamışlardı. Greyderler çalışıyordu bütün gün. Sonra bütün ormanı keseceklerdi. Burada villalar olacak, otel olacak, köylülere de iş alanı yaratılacak diye kandırmaya çalışıyorlardı.

Bir gün başka şehirlerden öğrenciler geldi. Ağaç katliamına, siyanürlü altına dur demek için ellerinde pankartlarla günlerce gösteri yaptılar. Köylüler de onlara katıldı. Bir iki gün aldıran olmadı ama sonra jandarma gelip önlerine dikildi. Yaka paça dağıttı kalabalığı. Öğrencileri coplaya coplaya gözaltına aldılar. Askeri kamyonlara bindirip götürdüler. Köylülerin o temiz yüzlü genç kızlara delikanlılara içi yandı.

Babalarından kalan köyü, ağacı, böceği, suyu, havayı, ormanı, denizi, çocuklarına miras bırakamayacak olmanın ağır yüküyle ezildiler.

Bir pazar günü köyün hatırı sayılır kişileri, Gırdinni'nin emektar çardakaltı kahvesine topladı herkesi. Başlarına gelen bu felaketleri konuşacaklardı. O aydınlık Pazar sabahı, renk renk giysileriyle kadınlı erkekli geldi köylüler. Bu eski kahvehane kıyıda değil içerde, köyün çıkışındaydı. Önünde geniş bir alan vardı. Köyün düğünleri de burada yapılırdı.

Mesude annesiyle kahveye girerken şenlikli düğünlerini hatırladı. Süslü masalar sandalyeler, üzerinde yerel müzisyenlerin çaldığı güllerle süslenmiş bir sahne, geniş alana gerilmiş kablolara asılmış yüzlerce çıplak ampulün ışığı altında dans eden, oynayan insanlar, sonsuz enerjileriyle durmadan koşan, birbirlerinin elinden tutarak fırıl fırıl dönen, özenle giydirilmiş çocuklar, masaları donatan bin bir çeşit yiyecek, parlayan rakı kadehleri, Mesude'nin şimdi evde kalan sandığında sakladığı beyaz gelinlik, kalbinin atışını kulaklarında duyacak kadar yükselen heyecan, nikâh memurunun önünde evet evet diye iki kez tekrarlaması, Mustafa'nın çakır gözlerinde gördüğü sevda ve hayranlık, biraz da şaşkınlık ve mahcubiyet... Bir şenlik bir şenlik. O mutlu gün; daha sonra çekeceği evlat acısını, cehennem azaplarını bilmeden, evlerinin üstünde uçan yağmurcuk kuşları gibi yüreğini hafifleten o masum gün, ışıltılı görüntüleri, bahar kokularıyla sanki bir an geri geldi. Deniz o gece rahmine düşmüş olmalıydı, pencereden vuran ay ışığının mermerleştirdiği bedenlerinin sabaha kadar birbirinin içinde eridiği, kadın ve erkek teninin birbirine doymak için alabildiğine vahşi, alabildiğine sevecen çırpınışlarına eşlik eden inlemelerle geçen o ilkel ayin, o kutsal gece.

Mesude'yi içine daldığı anılardan, dağıtılan gazete kesikleri uyandırdı. Elden ele geçirilen gazete haberlerinde; başka köylerin başına gelenlerin, daha iç taraflarda harap olmuş ormanların, meraların feci fotoğrafları vardı. Ağaçlar toptan yok edilmiş, dev cehennem çukurları açılmış, taş ocakları dağları oymuş, madenciler, kömürcüler ortalığı savaş alanına çevirmişlerdi. Görünce insanın içinden ağlamak geliyordu. Bunlar yetmiyormuş gibi kıyılara çirkin, beton, dev binalar dikmişlerdi. Bugüne kadar Allah'ın nimetleri olarak sahipsiz sandıkları her yer sahiplenilmişti.

Bu insanlar balon balıklarından da tehlikeli diye düşündü Mustafa, daha canavar, daha kötü, daha yok edici. Belli etmeden uzaktan izlediği, bulunduğu yana hiç bakmayan Mesude'nin gazeteleri okuduğunu görüyordu. Başka zaman olsa bu konuda da bıcır bıcır sesiyle hemen düşüncelerini söyleyiverirdi Mustafa'ya, ama şimdi eğilmiş annesine bir şeyler anlatıyordu. Mustafa hırslandı, bir an kalkıp oraya gitmek, Mesude'yi elinden tutup kaldırmak, eve götürmek geldi içinden. Mesude'nin de kaynanasının da Mustafa'ya hiç bakmamaları, onu yok saymaları ağırına gitmişti. Hırsından içi içini yiyordu. Gidemedi elbette, oturduğu yerde kadının bakışını yakalamak için kıvrandı durdu.

Bu arada Tahsin Reis eline mikrofonu almış, köylülere sesleniyor, "Durumu gördünüz, karşı çıkmazsak biz de yok olacağız, bizi de yakında küle çevirecekler" diyordu. Köylüler gazetede gördükleri karşısında dehşete kapılmıştı. Sonra, ne yapabiliriz konulu bir tartışma başladı. Denizden, karadan, her yandan kuşatılmışlardı, birkaç yıl önce aynı bölgede ama köylerine uzak bir yerde kurulmuş olan termik santralin dumanlarını bile hissetmeye başlamışlardı. Yani havadan da saldırı altındaydılar. Kimileri karşı çıkma, baş kaldırma ateşiyle ayağa kalkıp heyecanlı konuşmalar yapıyor, kimileri ise karşı çıksak ne olacak diyordu.

"Hükümet hepsinin iznini vermiş, adamların arkası sağlam. Karşı çıksak jandarmayla polisle ezerler bizi, hapse atarlar, her yerde öyle olmadı mı?"

Çiroz ayağa kalktı:

"Hayır olmadı!" diye bağırdı, "Bakın bazı köyler, kasabalar altın şirketlerini kovdular, sonraaaaa... bazı yerlerde kendilerini zeytin ağaçlarına bağlayıp kestirmediler, yani çok uğraştılar ama yaptılar, bize de bu yakışır, teslim olmak yok."

Aynı masada oturmalarına rağmen, Mustafa onun dedikleriyle ilgili değildi. Aklı fikri anasıyla oturan Mesude'deydi.

Karısı toplantının sonuna kadar başını hiç ondan yana çevirmemiş, göz ucuyla ufacık bir bakış bile atmamış, anasıyla konuşup durmuştu. Toplantı bitince de kalkıp gittiler. Mustafa, Mesude'nin anasına gülerek bir şey anlattığını, yaşlı kadının da gülerek cevap verdiğini görüyordu. Üstelik herkes farkındaydı durumun. Belli ki Mustafa'nın gururunu kırmak, bunu da bütün köye göstermek niyetindeydiler. Karısının bu kadar rahat ve aldırmaz davranması aşırı derecede canını sıktı Mustafa'nın. İçi alver ediyordu, heyecanlıydı, bir şey yapmalıydı mutlaka ama ne? Ne yapmalıydı?

Arkadaşının hızlı hızlı nefes alarak Mesude'yle anasının arkasından baktığını gören Çiroz, Kekeç'e ve Yusuf'a kaş göz işareti yaptı. Mustafa yumruklarını sıkmış, hâlâ bakıyordu. Ne arkadaşlarının farkındaydı, ne dağılan kalabalığın.

Yusuf:

"Yahu" dedi, "bu iş böyle kalmaz, bir yere gidip konuşalım, bir plan yapalım."

"Köyün genç erkekleri değil miyiz? Bize bakar bu iş." dedi Çiroz.

"Hadi Mustafa!"

Mustafa "Ne" dedi, "ne diyorsunuz?"

"Ne?"

"Ne ne?"

"Ne olacak, hadi kalk diyoruz be kardeş!"

"Nereye?"

"Birader deminden beri konuşuyoruz, kafan nereye gitti yine?"

"Dalmışım işte. Ne diyordunuz?"

"Hep birlikte bir yere gidip oturalım, bir plan yapalım diyoruz."

"Bu adamlara karşı mücadele etmek için."

"Ben gelemem" dedi Mustafa.

Masadan itiraz sesleri yükseldi.

"Hadi be" dediler hep bir ağızdan konuşarak. "Hepimizi ilgilendiren bir iş bu. Köyün geleceği."

"Mızıkçılık yok Mustafa!"

Neredeyse zorla kaldırdılar adamı masadan. İlerde otel yapılacağı söylenen, çamlarla kaplı burnun arka tarafına, neredeyse gizlenmiş, küçük bir büke gittiler. Yoldan rakı aldı Çiroz, biraz da çerez. Akşama kadar konuşup durdular. Karşılarındaki düşman ahtapot gibi çok kolluydu, nereden başlamaları gerekiyordu acaba? Maden şirketinden başlamak şu aşamada işlerine gelmiyordu, oradaki bekçiler silahlıydı. Zaten siyanürlü altın tesisi kurulana kadar daha vakitleri de vardı.

"O zaman en iyisi kendi işimizden başlamak" dedi Çiroz. "Yani denizden."

"Ne yapalım yani" dedi Yusuf.

Kekeç "Taab atabbiii ki ki ki" diye onların sabrını zorlarken Yusuf "Tabii ki balık çiftliklerinden başlayacağız." deyiverdi. Kekeç yine gücenik bir ifadeyle baktı arkadaşının yüzüne. Hiçbir sözünü tamamlatmıyorlardı.

Sonra en büyüklerden başlamak üzere balık çiftliklerine sabotaj düzenleme kararı aldılar. Teker teker hepsini yok edecek, denizlerini kurtaracaklardı. Haklı oldukları için Allah da yardım ederdi onlara. Böylece birbirlerini coşturup durdular, rakının da etkisiyle her şey kolay göründü gözlerine. Damarlarına kadar yayılan bir yiğitlik kabarıyordu içlerinde. Onları uyaran, *kafası gitmiş bunun* diye arkasından dedikodu yaptıkları Mustafa oldu.

"Bu iş kolay mı sanıyorsunuz?" diye sordu. "Adamların bekçileri var, kameralarla gözlüyorlar, hatta bazılarında balıkadamlar dalıp dalıp duruma bakıyor. Milyon gömmüşler o çiftliklere. Nasıl olacak bu işler?"

Üçü de sözleşmiş gibi kadehlerini kaldırıp "Sana güveniyoruz Mustafa" dediler. "Bu denizlerin en iyi dalgıcı sensin. Her kayayı, her oyuğu bilirsin. Biz yardım edeceğiz, sen dalacaksın. En kolayından başlarız."

Bu güven, Mustafa'nın son zamanlarda tepetaklak olan hayatındaki tek olumlu şeydi. Hem de Mesude'nin o aşağılayıcı tavrından sonra köyün kurtarıcısı olma düşüncesi hoşuna gitmeye başlamıştı.

Mesude gitti gideli içinde oluşan, gittikçe büyüyen, onu sadece nefes alıp yürüyen bir kabuk haline getiren boşluk duygusu dayanılmaz bir hal almaya başlamıştı. Bir gece önce bir düğün görmüştü rüyasında. Kendi düğünlerinin yapıldığı toprak alanda, çıplak ampuller altında, Mesude telli duvaklı evleniyordu, yanındaki adamın ise yüzü görünmüyordu, yüzü yoktu, yani kendisi değildi. Yaklaşıp baktığında köpekbalığı ağzı gördü, adamın gözleri insan gözüydü ama ağzı köpekbalığıydı. Dehşet içinde uyandığında yastığın ıslak olduğunu görüp kendinden utandı. Kalkıp koca bir bardak soğuk su içti, duvarlar üstüne geliyordu, eve sığamıyordu artık.

Dışarı çıkıp kayığına gitti. Gecenin nemini çekmiş kayığı çözdü, kürek çekerek uzaklaştı. *Denizin ortasında* geldi aklına, o türkü çok güzeldi. *Denizin ortası neresi acaba,* diye düşündü. *Belki de burası. Mor mintan arkasında...* Türküyü mırıldanarak çapayı attı. Sonra nemli kayığa uzandı. Yıldızları izlemeye koyuldu, baktı, baktı, içi geçiverdi birden, uyudu. Onu uyandıran kayıktaki takır tukur seslerle, kulağında duyduğu acı oldu. Fırladı yerinden, önce ne olduğunu anlamadı, sonra el feneriyle bakınca, dün yakalayıp kayığa attığı pavuryalardan birini gördü. Eti çok lezzetli oluyordu bunların, lokantalar iyi para ödüyordu. Kulağını ısıran pavuryayı yakaladı, eline aldı, baktı baktı, "sen de haklısın be kardeşlik" dedi ona, "ben de pavurya olsaydım aynen böyle yapardım. Belki de eşinden ayırdım seni. Hadi git selametle."

Sonra pavuryayı denize attı.

Kayığı bağlarken Ömer'in geldiğini gördü. Bu sefer damga yoktu alnında, düdük de çalmıyordu. Mustafa birden, Ömer'le uğraşamayacağını düşündü, canı o kadar sıkkındı ki her zaman sevecen karşıladığı çocuğa bile dayanamayacağını, onun oyunlarına katılamayacağını hissediyordu. Çocuk iyice sokuldu ona, ciddi gözlerle bakmaya başladı, göğsüne ancak geliyordu Mustafa'nın. Bu sefer bir tuhaflık vardı halinde. Balık gibi bakıyordu gözleri.

"Ne var?" dedi Mustafa kaygılanarak "Bir şey mi oldu?"

"Sen bir eşeksin" dedi çocuk.

Mustafa şaşırdı, "Eşek miyim" dedi, "peki öyle olsun, işim var Ömer, sonra konuşuruz."

Çocuk önünden çekilmedi, "Evet eşeksin" dedi. "Hem de çok eşeksin, bizim ahırdaki eşekten bile daha eşeksin, bir de... bir de aptalsın!"

Niye kızmıştı acaba çocuk?

"Bak Ömer" diye sakince karşılık verdi, "tamam ben eşeğim ama eşeğin şimdi eve gitmesi gerekiyor. Yarın konuşalım olur mu?"

"Olmaz!"

"Niye olmaz Ömer? Bir derdin mi var?"

"Evet var."

"Nedir, hadi söyle bakalım."

Mustafa çocuğun ağlamak üzere olduğunu gördü, bu sefer ciddi bir şey olmuştu herhalde. Anasına mı küsmüştü acaba, yoksa densizin biri kalbini mi kırmıştı çocuğun? Üzüldü, elini omzuna koydu.

Ömer "Dokunma bana" diye silkindi. "Sen benim Mesude ablamı bırakmaya utanmadın mı?"

Mustafa bu sözü duyunca şaşkına döndü. Çocuk devam etti. "Mesude ablamı bıraktığın için eşeksin işte! Anladın mı, eşeksin."

Ömer'in Mesude'yi çok sevdiğini biliyordu. Çocuk eve geldikçe Mesude onun için aldığı cipsi, kolayı önüne koyardı. Ömer minnet dolu gözlerle bakardı ona, gülerdi. Bir kere de yanağından öpmüştü şap diye. "Melek bu çocuk" derdi Mesude, "hakiki bir melek bu yavrum." Bütün köy severdi çocuğu ama Mesude'nin sevgisi farklıydı.

Ömer kaşlarını çatmış, gözlerini ondan ayırmıyordu. Mustafa ilk kez Ömer'i ciddiye aldı.

"Ben bırakmadım Ömer" dedi. "Mesude ablan kendi gitti. O beni bıraktı."

"Kim bilir ne yaptın ona?"

"Bir şey yapmadım" diyerek hesap vermeye başladı Mustafa. Bir yandan da bu hale hayret ediyordu. Çocuk onun sözünü kesti:

"Yapmışsındır" dedi. "Bir şey yapmışsındır Mesude ablama."

"Niye yapayım" dedi Mustafa.

Çocuk "Çünkü sen bir eşeksin!" diye bağırdı ve koşarak uzaklaştı oradan. Galiba ağlıyordu.

Mustafa eve giderken, *çocuk haklı* diye düşündü, *ben bir eşeğim. Herhalde köyde konuşulan ayrılık hikâyesini duydu, bunu yüzüme karşı bir tek o söyleyebildi. Çocuk haklı.*

Mesude'nin anneannesinin masalları bütün köyde hatta yakın köylerde ünlüydü. Kış akşamları erkekler kahveye gidince, zeytin kütüğü yakılan ocakların başında kadınlarla çocuklar toplanır, adaçayı içip büyükannenin devlerle, sultan kızlarıyla, hayvan olan insanlarla, insana dönüşen hayvanlarla, dokunduğu her şeyi altına çeviren padişahlarla, hain vezirlerle ilgili hikâyelerini dinlerlerdi. Dolunayın sedef beyazlığıyla parladığı gecelerde, Hz. Muhammed'in işaretparmağını kaldırarak gökyüzündeki yuvarlak ayı şak diye ikiye böldüğü şakkülkamer mucizesini dinlemeye doyamazdı orada toplananlar. İhtiyar kadınlar o anda Allah-u ekber diyerek ağlarlardı. Neden ağladıklarını soran gençlere de bir türlü açıklayamazlardı nedenini. Herhalde ölüme yakın olmanın yarattığı bir hüzün, belki de bir dehşet duygusuydu bu, korkuydu.

Büyükannenin hikâyelerinden bazıları Harun Reşit'e, bazıları kurdun kuşun, cümle mahlukatın dilini konuşan Hz. Süleyman'a aitti. Mesude, bu hikâyeler içinde en çok, kraliçe anası kaçan, hizmetçinin büyüttüğü çocuk meselini severdi. Bu zor günlerinde durup durup aklına geliyordu o menkıbe. Şöyleydi:

Bir krallıkta ihtilal olur. Kraliçe, bebeğini bırakıp kocasıyla birlikte kaçar, bakıcı kadın bebeği orada bırakmaya kıyamaz, alır götürür, büyütür, yetiştirir. Yıllar sonra işler düzelince kraliçe çocuğunu geri ister. Üvey anne ise çocuğu kendisinin kurtardığını, emek verip büyüttüğünü, artık onun evladı olduğunu söyleyerek bu talebi kabul etmez.

Konu Süleyman Peygamber'e gelir, o da "Ortaya bir daire çizin" der. "Çocuğu buraya koyun, bir kolundan anası, öteki kolundan da üvey anası çeksin, çocuğu kim dairenin dışına çıkarır, yanına çekerse ona vereceğim."

Peygamber'in dediği gibi yaparlar. Çocuğun bir koluna anası, öteki koluna üvey anası yapışır, başlarlar çekmeye. Çocuğun canının yandığını gören üvey ana onun kolunu bırakır. Yüreği dayanmaz. Evladım parçalanacağına, o kadında kalsın bari der. Kraliçe çocuğu yanına çekebildiği için mutludur ama Hz. Süleyman, "Bu çocuk üvey ananın hakkıdır" der. "Onu gerçek anasından daha çok korudu. Parçalanmasından, zarar görmesinden korktu. Çünkü ona emek verdi, hayatta tuttu, yetiştirdi. Artık gerçek anası odur."

Gerçi kendi hikâyesinde birebir benzerlik yoktu, zavallı göçmen kadın bebeğini bırakıp kaçmamıştı ama kendisi tam öyle bir üvey anaya benziyordu. Mustafa'yla birlikte bebeğin hayatını kurtarıp emek vermişler, hayata döndürmüşlerdi.

Mustafa der demez yine içinden geçen "adı batasıca" sözleri döküldü ağzından. Öfkesi bir türlü geçmek bilmiyordu. Adam onun hem kadınlığına analığına laf etmiş hem de el kaldırmıştı. Unutulacak şey miydi bu? Onurunun daha çok kırıldığı bir anı hatırlamıyordu. "Delirdi" diyordu annesine, "bence kesin delirdi bu Mustafa, yoksa bana böyle bir şey yapmazdı ama bebek aklını aldı onun. Allah'ından bulsun, yüzünü de şeytan görsün artık." Mesude boşanmak istiyordu. Kızını inadından vazgeçirmek için çok uğraşan anası, artık umudunu iyiden iyiye kesmiş olmalı ki boşanmaya arka çıkmaya başladı. "Köyün en güzel duluna başka bir kısmet çıkar" diyordu ama Mesude'nin bunu düşündüğü yoktu. "Sen nasıl evlenmediysen ben de evlenmeyeceğim artık" diyordu. Karar verdiği zaman tavrının arkasında durmak gibi bir huyu vardı. Mustafa'dan çok daha güçlüydü. Bazı kadınlara özgü bir kararlılığa, bir şeyi bitirdi mi tam bitirme yeteneğine sahipti.

Olan bitene içi yanmıyor değildi; yine de o gelip geçici alevlerin yüreğini tutuşturmasına izin vermiyor, iradesini diri tutuyordu. Erkeklerin çocuksu zayıflığına karşı, hayatı devam ettiren kadın iradesiydi bu. Karşı cinste benzerine pek rastlanmazdı.

Bir gün, vakit öğleye yaklaşmışken, bahçede çamaşır asıyordu. Güneşte kurumuş çamaşırın sakız gibi kokusu Mesude'yi çocukluğundan beri adı gibi mesut ederdi. Çamaşırları mandallarken bahçe kapısında siyah resmi bir arabanın durduğunu gördü. Bahçeye giren biri kadın biri erkek iki memur adını soyadını, kimliğini doğruladıktan sonra biraz konuşmak istediklerini söylediler. Mesude şaşırdı, mahkemeyle, savcılıkla ilgili bir şey sandı ilkin ya da Mustafa'yla. Acaba boşanma davası mı açmıştı? Evlerine ilk kez devlet görevlilerinin girdiğini görüyordu. *Yoksa Mustafa'ya bir şey mi oldu* diye düşündü. Babası gibi eve kötü haberi mi gelmişti? Dehşetli korktuğunu hissetti, içi üşüdü birden. *Mustafa*, diye düşündü, *benim Mustafam, ah benim Mustafam.*

Memurlar Muğla Göç İdaresi Birimi'nden geldiklerini söylüyorlardı. Mesude ve annesi onları içeri buyur ettiler, genç adam içeri girerken kapıdaki fesleğeni okşadı gülerek, ortalığa yayılan fesleğen kokusu ortalığı yumuşattı.

Anne içerde konuklara kahve yaparken, memurlar Mesude'ye konuyu anlattı:

Kaçak göçmen –onlar düzensiz göçmen diyordu– Zilha Şerif, çocuğu Samir ile birlikte Aile ve Sosyal Yardım Bakanlığı'na bağlı Göç İdaresi Genel Müdürlüğü'nün Ula'daki sığınma evinde tutuluyordu. Mesude'nin ilk anladığı, Mustafa ile ilgili kötü bir haber vermedikleri oldu. Önce biraz rahatladı, ama sonra kalbi daha da hızlı çarpmaya başladı. Gelen görevliler, göçmen kadının üç gün önce, avukat aracılığıyla kendilerine başvurduğunu, bir talepte bulunduğunu anlatmaya başladılar. Mesude, heyecandan yerinde duramıyordu. Kalbinin gümbürtüsü, konuşan adamın sesini bastırıyordu, doğru düzgün duyamıyordu onu. Bir yandan da başını mutfağa çevirip duruyordu. Konuklara kahve yapan annesinin anlatılanları duymasını istemiyordu. Kimse bilmesindi. Kimsenin haberi olmasındı. En azından bir süre, neler dendiğini kendisi bir iyice kavrayıp düşünene kadar kimseyle bu konuyu konuşmak istemiyordu.

Raziye Hanım kahveleri getirdiğinde adamlar verecekleri bilgileri tamamlamışlar, köyle ilgili sohbete başlamışlardı. Zaten Mesude zar zor işitiyordu onları. *Ne oluyor* diye düşünüyordu başı dönerek, *ne oluyor şimdi?* Camdan yansıyan sert güneş ışığı gözüne giriyor, aklını bulandırıyordu, fesleğen kokusu keskinleşmişti iyice, *aile miyiz* diye düşündü, "Biz bir aile miyiz?" Sonra annesinin ve konukların yüzüne garipseyerek baktığını görüp, bu sözleri yüksek sözle söylediğinin ayırdına vardı. "Offf" dedi, "ne diyorum ben böyle, kusura bakmayın ne olur, ben. Ben... şaşırdım işte... öyle." Herkes kendisine bakıyordu, sustu, yutkundu, "Öyle" dedi, "işte öyle" gözünden fışkırmak üzere olan yaşları engellemeye çalışarak, yumruklarını sıkarak.

Konuklar fesleğen kokusu eşliğinde gittikten sonra, uzun süre annesiyle uğraşmak zorunda kaldı. Kadıncağız ne olup bittiğini anlamaya çalışıyordu, kızı da ona bir türlü açıklama yapmıyordu. "Yok bir şey, öylesine bir bilgi vermeye gelmişler." diyordu annesine. Bir yandan Raziye Hanım'ın sorularını geçiştirmeye çalışırken, bir yandan kendi kendine aynı soruyu tekrarlayıp duruyordu, *biz bir aile miyiz, biz bir aile miyiz?* Bunu düşünürken bayılacak gibi oluyordu.

Hayal gördüğünü sanıyordu şimdi. Hayalinde annesinin sesini duyuyordu. "Mesude" diyordu ses, "Mesude ne oldu sana kızım, korkutma beni." Sonra bileklerinde şakaklarında duyduğu serinlik, ortalığa yayılan kolonya kokusu. Annesi bileklerini ovuyordu, "Kendine gel kızım, adamlar önemli bir şey söylemedi diyorsun, öyleyse ne bu halin?" Kadın kahve yaparken Zilha gibi, Samir gibi bazı isimlerin konuşulduğunu duymuştu, ama ne dediklerini anlayamamıştı. Hem adamların da kötü haber verir gibi bir halleri yoktu. Yoksa çok mu alışkındı o görevliler insanlara sürekli kötü haber vermeye, onun için mi öyle aldırmaz bir tarzları vardı?

Mesude, "Anne" dediğini duyuyor kendi sesinin, "anne ben iyi değilim" dediğini... Eli kolu kalkmıyor, anne korkuyla camları açıyor, taze hava giriyor içeriye, mutfakta musluk açılıyor, dudağına değen bardaktaki soğuk suyu içiriyor annesi yudum yudum. Kuyularından gelen soğuk suyu. Fesleğen kokusu kolonyayı bastırmaya çalışıyor, kolonya kokusu fesleğeni. Bir o baskın çıkıyor bir limon. İkisi de midesini bulandırıyor, güneş de öyle. Yeşil çiçekli divanda arkaya uzanmış yarı yatar gibi, aylardır çektiği bütün sıkıntılar, korkular, acılar derlenip toplanıp hepsi bir yumak oluşturup balıktan sonra motoru temizledikleri bir üstüpü parçası gibi boğazına tıkanmış sanki. Bebek, Mustafa, jandarmalar, komşular, Mustafa, savcı, hastane, yine Mustafa, hapis, kavga, Mustafa'nın havaya kalkmış eli, iç içe girmiş kopuk kopuk görüntüler; kokularını bile alabiliyor ve onca sarsıntıya direnen iradesi uzun süredir birikmiş suları engelleyemeyen baraj seti gibi yıkılıyor birden, Mesude ağladığını fark ediyor.

Gece saat üç sularıydı, deniz sakindi, köy uyuyordu. Dört genç balıkçı Çiroz'un sandalıyla kürek çekerek, sessizce kıyıdan ayrıldılar. Yapacakları iş üstlerine kalmasın diye, kuşku çekmemek için yakın koydaki dev balık çiftliğine gitmeyecekler, nispeten daha uzak, orta boy bir çiftliğe saldıracaklardı. Keskin bıçakları, kesici aletleri hazırdı. Aysız gecede karanlık sular üzerinde süzülürken kendilerini büyük bir maceraya gider gibi hissediyorlardı. Mustafa'nın bile hayatına yeni bir heyecan gelmişti. Birkaç kez dalıp o çiftliklerdeki zavallı balıkların halini görmüştü zaten. Bu yavrular tanklardan havuzlara dökülüyordu, bir milimetreydi boyları, bir milyon tanesi bir kilo anca gelirdi. Çiftlik sahipleri levrek, çipura bebeklerini bu kafeslere tıka basa dolduruyor, balıklar büyüdükçe kıpırdayacak yerleri kalmıyor, altta kalanlar eziliyor, parazitler, mikroplar balıkları hasta ediyordu. Kör balık bile görmüştü oralarda. Kafeslerin üstünü de ağla kapatıyorlardı. Balık yakalamak için dalış yapan kuşların kafaları ağa takılıyor, kurtulmak için çırpınırken boyunları kırılıyordu. Neresinden baksan büyük bir zulümdü bu çiftlikler. Mustafa bunu düşünürken, aklına ezdiği balon balıkları geldi. Ama onlar canavardı. Yok edilmeleri gerekiyordu. Yine de yaptıklarından utanıyordu, bir delilik haliydi o.

Mustafa yol boyunca sessiz sedasız oturdu, zaten kimse konuşmuyor, cigara bile içmiyordu. Balıkçı, gözünü karanlık sulara dikip kara kara düşündü. Mesude'nin o günkü tavrından sonra artık ayrılık noktasına mı gelmişlerdi? Nasıl olur diye geçiriyordu içinden, nasıl olur bu? Mesude'yle nasıl bu hallere düştük? Keşke bugün gidip yanına otursaydım. Ne yapabilirdi? Herkes dağılırken ben de Mesude'nin elinden tutar, eve götürürdüm. Gelmem demezdi herhalde. Der miydi yoksa? Ya elini silkeleyip anasıyla beraber gitse ne olacaktı? Hem de bütün köyün gözü önünde. Bir ara, annesi yüzünden diye düşündü, annesi olacak o kadın kim bilir nasıl beynini yıkıyor kızın. Yoksa Mesude bana yabancı gibi davranır mı? Mesude yahu, benim Mesude, aklım almıyor.

Kendi davranışını da doğru bulmuyordu, çoktan pişman olmuştu söylediğine, yaptığına. Ama bunu itiraf etmek galiba bir parça ağrına gidiyordu. Karıkoca arasında olur böyle kavgalar diye düşündü. Bu kadar büyütecek bir şey yoktu.

Sonra Mesude'nin hem kadınlığına, hem kişiliğine ağır sözler söylediğini, bir de vurmak ister gibi elini kaldırdığını hatırlayınca, bir suçluluk duydu. Vurmazdı, elbette vurmayacaktı, elini kesseler Mesude'ye bir fiske bile vuramazdı, sadece sinirden öyle davranmıştı. Tersine, hiç kimseye göstermeyeceği bir sabırla durdurmuştu kolunu havada. O sırada karşısında kim olursa olsun, Mesude'den başka kim olursa olsun, o kolu orada tutamazdı.

Bunları düşünmek, kendi kendine böyle açıklamalar yapmak, bir şeyi değiştirmiyordu. Çocuğum olsun derken karımı da kaybettim diye düşündü, içi yakıcı bir pişmanlıkla kavruldu. Sandaldan eğilip elini denize soktu, karanlık sakin sular ılıktı. Kasıma kadar böyle gider bu diye düşündü, denizler soğuyana kadar. O anda aklına suyun akışıyla keyiflenen, "Bak baba, bak" diyen o küçük çocuğun eli geldi. "Bak baba bak, ne güzel." Ateşe değmiş gibi hemen denizden çekti elini.

Bu çiftliklerin lojmanları ve oralarda da silahlı nöbetçiler oluyordu. Yaklaşık yarım saat sonra vardıkları balık çiftliğinde lojman karanlıktı, bekçilerin uyuduğu belliydi. Zaten ufak tefek hırsızlıklar dışında büyük bir olay olmazdı buralarda. Karanlıkta hiç ses etmeden ağlara yaklaştılar. Mustafa sessizce kaydı suya, neredeyse kıpırdatmadan. Zifiri karanlıkta lamba yakmadı. Ağı el yordamıyla bulacaktı. Daldıkça çevresinde inanılmaz büyüklükte balık sürüleri belirdiğini hissetti.

Eli, kolu, bacakları, gövdesi balıklara değiyordu. Sanki o da iri bir balık olarak buradaydı. Kafeslerin çevresine kupyes, barbunya, tekir, sardalye gibi balık sürüleri geliyor, yemlerden yararlanmak için oradan ayrılmıyorlardı. Belli derinliğe inince ağa doğru yüzdü, elleri ağı hissetti birden. Keskin, büyük bıçak elindeydi. Onunla ağda büyük kesikler açmaya başladı. Biraz da bilerek bir levrek çiftliğine gelmişlerdi, çipura çiftliği olsa balık dişleriyle ağı parçalayıp çıkmaya çalıştığı için oraların ağları iki kat olurdu. Biraz zor olsa da büyükçe delikler açıyordu. O deliklerden bir balık hücumu olduğunu duyumsadı. Artık daha çok balık vardı çevresinde. Balıklar ağdan oluk oluk akmaya başlamıştı. Aslında bu delik de yeterdi ama sola doğru yüzüp ağın sağlam yerlerini buldu oraları da kesmeye başladı. Arada bir sessizce su yüzeyine çıkıp ciğerlerini havayla dolduruyordu. Sonunda yeteri kadar delik açtığına karar verdi. Artık bir balık fırtınası vardı çevresinde, kendisini de sürüklüyordu. Denizin altında nerelere sürüklendiğini bilemiyordu. Ağa yaklaşmasının da olanağı kalmamıştı. O kadar güçlü bir balık fırtınasına karşı koyamazdı.

Su yüzeyine çıktı. Son dalışında çok kalmıştı aşağıda, başı dönmeye başladı. Karanlıkta kendini tutarak sessiz nefes almaya çalıştı oysa bütün havayı bir an önce ciğerlerine çekmek zorundaydı. Yavaş yavaş sakinleşti, nefesi düzelmeye başladı. Bedeni hâlâ balık fırtınası içindeydi. Karanlıkta sandal görünmüyordu, nereye sürüklendiğini kestiremediği için dört yana bakıp sandalı bulmaya çalışıyordu. Bir süre uğraştıktan sonra bu işin hiç de kolay olmadığını anladı. Bu şekilde sandalı bulması imkânsızdı. Yuvarlak balık kafesinin ne yanda, hangi uzaklıkta olduğunu bilmiyordu. Sonunda bekçileri uyandırmamaya çalışarak alçak sesle kumru ötüşü taklidi yaptı. Bu saatte ötmezdi kumrular, arkadaşları herhalde anlarlardı duyarlarsa. Bekçilerin duymayacağı ama arkadaşlarının duyacağı ses yüksekliği ne olmalıydı acaba? Hu-hu-huuu, hu-hu-huuu diye öterken yakından gelen kürek şıpırtıları ve Çiroz'un "Mustafa Mustafa," diye fısıldamasıyla cennetten bir müjdeci gelmişçesine sevinçle doldu içi. Onu hemen sandala aldılar, hiç kimse duymadan kürek çekerek uzaklaştılar. Balık çiftliklerinden birini çökertmişlerdi.

Onca sarsıntıdan sonra annesinin içirdiği sıcak ıhlamurun yatıştırdığı sinirleriyle derin bir uykuya dalıyor Mesude. Düşlerle bölünmeyen derin bir uyku, annesinin odaya girip çıktığını bile fark etmeyecek kadar derin. Sabah odaya dolan aydınlıkla, kumru ve serçe ötüşleri uyandırıyor onu. Dünkü krizden eser kalmamış ama biraz yorgun hissediyor kendisini. Ve sanki hâlâ bir rüyada yaşıyor. Yoksa kâbusta mı?

Annesiyle kahvaltı ediyorlar konuşmadan. Sonra pembe begonvillerle kaplı terasın gölgesinde kahvelerini içerken "Anne" diyor Mesude, "anne iyice konuşmamız gerekiyor. Ne yapacağımıza karar verelim."

"Doğru" diyor annesi "ben de bunu bekliyordum zaten. Ne olduğunu bir anlayabilsem!" Annesine anlayışla gülümsüyor. Kafasını toplayabildiğini, artık kendini daha iyi hissettiğini düşünüyor. Konuşmayı biraz erteliyor, annesini kırmadan.

Mesude her şeyi ölçtü biçti, her durumu hesapladı, kararından emin oldu. Koca deryada iki balığın birbirini bulması kolay mıydı ki koca dünyada Mustafa'yı bulup evlenmişken, onca iyi ve kahırlı günü paylaşmışken bir sinir anı yüzünden bozacaktı bunu. O korkunç felaket gününe kadar Mustafa bir kez olsun yüzünü bile eğmemişti ona. Akşamüstleri Deniz'i alıp sahile gezmeye çıktıklarında bütün köyün kendilerine imrendiğini sezerdi Mesude. Yaşlı teyzeler "Maşallah, Allah size kara gün göstermesin. Bir yastıkta kocayın" diye dua ederlerdi. Deniz'e yüzme öğretirken, onu alkışlarken, kıyıda birbirlerine su atarak çocuğu kıkır kıkır güldürürken, o sıralarda dillere takılan bir şarkıyı, sözlerini değiştirip *Beraber ıslandık biz bu denizde* diye söylerlerdi avaz avaz.

Mesude ertesi sabah annesine, "Hadi ben eve dönüyorum anne" dedi, "Mustafa kaç gündür doğru dürüst bir şey yemedi, yemek yapayım, sonra da esaslı bir temizlik."

Annesi ne diyeceğini zaten biliyormuş gibi hiç şaşırmadı, hatta inceden gülümsedi. "Sen nasıl istersen kızım." dedi.

Mesude evden çıktı, bahçeden o kadar hızlı adımlarla geçti ki tavuklar zor kaçıştı önünden. Sonbahar yaklaştıkça yumuşuyordu hava, güneş bulutsuz gökyüzünde yükseliyor, uçsuz bucaksız denizden olduğu kadar, köyün kireç badanalı beyaz evlerinden de yansıyordu. Evine doğru yürürken denize bakıp *Mustafa şimdi kim bilir nerelerdedir* diye düşündü. Eve gidince arayacaktı onu, "dönüşte güzel bir balık getir çocuk," diyecekti eski şakacı günlerinde olduğu gibi, "geç de kalma sakın." Sadece bunları söyleyecekti. Sonra kapatacaktı telefonu, sıradan bir gün gibi, hiçbir şey yaşanmamış gibi. Ne de olsa kendisi de kaloma ustasıydı. Misinayı ne zaman salacağını ne zaman gereceğini iyi bilirdi. Mustafa'nın bir şeye şaşırıp durumu tam kavrayamadığı zaman yüzüne bir süre alık ifadesinin yerleşmesi gözünün önüne geldi. İster istemez güldü. Elindeki dosyayı, sanki bebek içindeymiş gibi sıkı sıkı göğsüne bastırmıştı, özenle tutuyordu.

Ertesi sabah Mustafa, Çiroz'u, Yusuf'u, Kekeç'i bir köşeye çekti. Birilerinin balık çiftliği olayını araştırdığını, eninde sonunda kendi köylerine de geleceklerini söyledi, "Aman dedi, ne olursa olsun beni karıştırmayın, benden hiç söz etmeyin, yoktum ben orada. Cezadan korktuğumdan değil, çok daha önemli bir sebepten, hayat memat meselesi diyeyim anlayın artık, o kadar önemli. Dün aldırmıyordum, ne olursa olsun diyordum ama bir şey oldu, bir şeyler değişti, mahvolurum, iyice anlıyor musunuz beni, mahvolurum."

Arkadaşları, "Tamam ya Mustafa, nedir bu halin, aklın yine uçup gitmiş senin. Tamam söylemeyiz" diye yatıştırmaya çalıştılar.

"Yemin edin" diye tutturdu Mustafa. "Ölmüşlerinizin, çocuklarınızın üstüne yemin edin, Kuran'a el basın."

Mustafa'nın titrediğini, yüzünün bir kararıp bir aydınlandığını gören Çiroz arkadaşlarına kaşıyla gözüyle uzaklaşın işareti yaptı. Gittiler.

Çiroz onu sakinleştirmeye çalıştı. "Gel şuraya oturup çay içelim" dedi, "ter içinde kalmışsın. Beni korkutuyorsun artık Mustafa."

"Hayır" dedi Mustafa "hayır anlamıyorsun, ben eski ben değilim artık, görevim var, görevim var, beni ele verirseniz..."

"Sus be!" dedi Çiroz, "Kes artık, en yakın arkadaşına hakaret ettiğinin farkında mısın, ben ispiyoncu muyum ulan, bir tek senin mi şerefin var sanıyorsun, aklını başına topla yoksa suratını darmadağın ederim."

Bu sert çıkış karşısında Mustafa sustu, Çiroz'un o çiroz haliyle onu dövebilmesi mümkün değildi ama gerçekten kızdığı zaman gözü dünyayı görmezdi.

Mustafa "Peki" dedi, "kusura bakma ama durum sahiden ciddi, ben artık eski ben değilim, bir şeyler değişti."

"Ne değişti?" diye sordu Çiroz. "Aynı lafları tekrarlamayı bırak da adam gibi anlat ne oldu?"

"Mesude döndü" dedi, "eve döndü, bebek de geliyor."

"Bebek mi?" Çiroz'un sesinde şaşkınlık vardı. Bir şey anlamamıştı ama merak etmişti. "Ne bebeği? Şu senin denizden getirdiğin göçmen bebek mi?"

"Tabii ya! Bizim bebek! Yeni Denizimiz. Zilha demiş ki, içinde bulunduğum şartlar nedeniyle bebeğime iyi bir bakım ve gelecek sağlayamamam, demiş."

Çiroz, yüzünde belirmeye başlayan bir sabırsızlık ifadesiyle "Zilha kim?" diye sordu. "Kime demiş öyle?"

"İşte annesi, o bebeğin annesi. Devlete demiş." Mustafa yerinde duramıyordu, sevinçle devam etti: "Demiş ki, eğer kabul ederlerse demiş, Samir'i denizden kurtaran kişiye, bakan besleyen, sonra bana teslim eden aileye demiş, koruyucu aile olarak vermek istiyorum. Öyle demiş. Devlet görevlileri de gelip bunu Mesude'ye bildirmişler."

Sürekli hareket etmek, koşmak geliyordu içinden. Hazır konu açılmışken arkadaşına duygularını daha ayrıntılı anlatmak istiyordu. Dün akşam kendisiyle konuşurken Mesude'nin, elindeki dosyayı, sanki bebek içindeymiş gibi sıkı sıkı göğsüne bastırışını, özenle tutuşunu anlatmak istiyordu. İçindeki duyguları Çiroz'a aktaramadığını hissediyordu. Ama yine de arkadaşının sevindiğini görebiliyordu. "Onu alabilmemiz için sabıka kaydımın olmaması lazım," diye devam etti. "Geçen sefer zor kurtardım zaten, balık çiftliği işi ortaya çıkarsa bebeği vermezler, Mesude beni affetmez, hayatım yıkılır, mahvolurum."

Çiroz onun omuzuna vurarak "Tamam be birader" dedi, "şunu adam gibi anlatsana, düşmanın mıyız biz senin, çok sevindim olan bitene, artık serserilik yapma, aklı başında davran. Balığa çıkmıyor musun?"

"Hayır" dedi Mustafa, "evrak işleri var, savcılıktan temiz kâğıdı, kayıt kuyut, öyle kolay değil."

İki gün sonra Mesude'yle Mustafa Ula ilçesine gittiklerinde, sora sora eski cezaevini buldular, şimdi Geri Gönderme Merkezi'ymiş orası, cezaevi kapatılmış, mahkûmlar başka yere nakledilmiş, kurtarılan, yakalanan göçmenler ülkelerine geri gönderilmeden önce burada tutulurlarmış.

Yakındaki kömür santralinin havayı ağırlaştıran kokusu buraya kadar geliyordu. Mavi kapılı, iki katlı, beyaz binadan içeri girerken Mesude, hiçbir şeyin farkında olmadan yaşayıp gittiklerini düşündü. Meğer yanı başlarında neler oluyormuş, ne hayatlar varmış, ne çileler çekiliyormuş. Genç avukat kendilerini içerde bekliyordu. Ali Bey'in takım elbisesi, özenle bağlanmış kravatı, gözlüğü ve genel görünüşü devlete ait işlerle uğraşanların takındığı ciddiyeti yansıtıyordu. Mustafa gözlerinde bir şükran ifadesiyle selamladı onu. O önemli, heyecanlı, gerilim anında bile Mesude yakışıklı avukata bakarken, kadınca bir içgüdüyle *bizim Kübra'yla çok yakışırlar aslında* diye düşündü. *Bir yolunu bulup tanıştırsam mı?*

Görevlilerden birinin küçük ama aydınlık odasına alındılar. Klima odayı serinletmişti. Masanın üstü pembe renkli dosyalarla doluydu, arkasında ise bir Atatürk resmi asılıydı. Görevli yoktu. Ali Bey onlara, "Kurtarılan her göçmen buraya teslim edilir" dedi.

"İçerde güvenlikler var, dışarısı jandarma tarafından korunuyor. Büyük odalarda kalıyor göçmenler. Kimi sekiz, kimi on, kimi yirmi kişilik odalarda. Üç öğün yemek var yemekhanede. Ülkelerine geri gönderilene kadar buradan çıkamazlar."

Bunun üstüne Mesude, "Hepsi geri mi gönderilir mutlaka?" diye sordu.

"Suriyeliler hariç hepsi gönderilir." dedi avukat. "Devlet, Suriye'den gelenlerin iş yapmalarına, çalışmalarına izin veriyor. Ne yazık ki diğer göçmenlerin böyle bir imkânı yok. Keşke olsa."

Mustafa, "O hanım da geri mi gönderilecek?" diye sordu.

"Evet" dedi avukat, "Kural böyle."

"Ya yol parası yoksa?"

"Devlet veriyor o zaman."

Mustafa'yla Mesude göz göze geldiler. Demek ki kadın bebeği Afganistan'a götürmemek için bu yolu deniyordu. Başkasının felaketinin, kendi mutlulukları anlamına gelmesinin tuhaf hüznüne kapıldı ikisi de.

Sonra avukat onlara hiç duymak istemeyecekleri, ama öğrenmek zorunda oldukları dehşet verici olaylar anlattı. Elindeki dosyaya bakıyor, zaman zaman özetliyordu.

Biraz sonra Zilha Şerif'i getirdiler. Samir kucağındaydı, uyanıktı, ağzında bir emzik vardı, sakindi. Zilha, enine beyaz çizgili lacivert bir elbise giymişti. Merkezden verilmiş olmalıydı. Mesude ile Zilha göz göze geldiler. Arkasından tercüman olduğunu söyleyen genç bir adam girdi. Hepsi oturunca, şişman orta yaşlı bir kadın tepsiyle beş çay getirdi. Bir süre çaya atılan şekerleri karıştırırken cam bardağa çarpan kaşık sesinden başka bir şey duyulmadı. Avukat ve tercüman dışında hepsi gözlerini kırmızı çaya dikmiş, şekerler çoktan erimiş olsa da karıştırıp duruyorlardı. Ali Bey çayını karıştırmıyordu, şekersiz içiyordu. "Burada bulunmamızın amacı belli" diyerek bardaklardan gelen sesin susmasını sağladı. "Afganistan uyruklu..."

O sırada içeri görevli girdi. Saçları dökülmüş, bıyıklı, gözlüklü, topluca bir adamdı. Kısa kollu beyaz gömlek giymiş, bordo kravat takmıştı. Yerine oturduktan sonra, "Devam edin avukat bey" dedi.

Sonra avukat, düzgün cümlelerle durumu anlattı. Afganistan'a geri gönderilecek olan Zilha Şerif, eğer kabul ederlerse oğlu Samir Şerif'i, Sılacı ailesine, koruyucu aile olarak bırakmak istiyordu. Bu konuda resmi makamlara bir dilekçe vermişti.

Görevli "Evet" dedi, "Dilekçesi işleme kondu. Tabii bunun için yasal mevzuata uymak gerekiyor. İki taraf istese bile bu iş kolay değil."

Sonra Mustafa'ya döndü: "Anladığım kadarıyla siz bu bebeğe koruyucu aile olmak istiyorsunuz değil mi?"

Mustafa'yla Mesude aynı anda "Evet" dediler.

"Aslında çocuğunu vermek isteyen aile değil, başvuruyu sizin yapmanız gerekiyordu ama... Size birtakım evrak yollamıştık. Onları doldurup, gereken işlemleri yaptınız mı?"

"Yaptık sayın savcım" dedi Mustafa.

Adam gülümsedi, "Ben savcı değilim" dedi. Sonra, "Yasalar acil durumda bir düzensiz göçmen çocuğunu geçici süre koruyucu aile olarak almaya izin veriyor" diye devam etti. "Bu yüzden bu iş olabilir."

"Geçici mi?" Mustafa'nın sesi kaygılıydı.

"Şimdilik en kolayı o" dedi görevli, "avukat bey anlatır size, önce bu muameleyi yapalım, sonra süreklilik için başvurursunuz."

Mustafa'nın uzattığı dosyayı aldı, içindeki formlara göz gezdirdi, imzaları, mühürleri inceledi. Bu arada Mesude, başını hiç kaldırmayan, gözlerini kucağındaki bebekten hiç ayırmayan Zilha'ya bakıyordu. Kadın bebeğe, bebek kadına bakarken Mesude çok garip, anlatılması güç bir burukluk içine sürüklendi. Bebek yanındaydı, şuracıktaydı, elini uzatsa dokunacaktı ama dokunamıyordu işte, şu anda Deniz değildi artık, Samir'di, anası ona bakıyordu o anasına, süt emmek için memesini arıyordu şimdi, emziği atmıştı, o kıvrımlı güzel dudaklar huysuzlanıyordu. Kadın, tercümana bir şeyler fısıldadı. Tercüman, "Bebek acıktı, dışarı çıkıp biraz emzirebilir miyim diye soruyor" dedi. "Tabii" diye yanıtladı görevli.

Kadın çıktı, koridordan yürüyüp bir odaya girdi. Mesude de arkasından gitti. İçerde başka kadınlar vardı, kimi siyahi, kimi beyazdı; Mesude'ye bakıp durdular. Derin bir umutsuzluk okunuyordu gözlerinden. Zilha bir ranzaya oturdu, memesini bebeğin ağzına verdi, bebek önüne geçilmez bir tutkuyla emmeye koyuldu. O anda Mesude'nin meme başları sızladı. Kadının yanına oturdu, birbirlerine baktılar, aralarında dil yoktu, konuşma yoktu, Mesude ona güç vermek ister gibi elini kadının kemikli zayıf omzuna koydu. Sanki parmaklarına olanca şefkati, analık duygusunu yüklemek istiyordu. Kadın dönüp ona baktı, uzun süre göz göze kaldılar, bebek sesli sesli emiyordu. Zilha, Mesude'nin elini aldı bebeğin başına götürdü. Mesude'nin yapmak isteyip de yapamadığı şey oluyordu şimdi, içinden gelen karşı konulması güç bir dokunma, sevme isteğiyle çocuğun güzel başına dokundu. Kadına minnet dolu gözlerle baktı, onun gözlerinin derinliklerinde büyük bir acı gördü ama dudaklarına belli belirsiz, mahzun, kırık bir gülümseme yerleşmişti.

Mesude o gözlerle karşılaşınca avukatın anlattıklarını düşündü. Kunduz'da kadının babasını anasını, kocasını iki kardeşini öldüren Taliban'ı gördü, yeni doğmuş bebeğini sağlık ocağına götürmüş olduğu için katliamdan kurtulan, tesadüfen hayatta kalan Zilha'nın çığlıklarını duydu. Kendinden utandı. Bebeğin başını okşayan elini çekti hemen. İçinden kaçmak geliyordu, o kapıdan çıkıp köye kadar koşabilirdi. Utanıyordu, çok utanıyordu.

Kadın ona baktı. Bakıştılar. Kadın kadını anladı, kadın kadını hissetti, kadın kadını sezdi. Zilha, Mesude'nin elini tuttu, hafifçe sıktı, gözleriyle tamam işareti yaptı, sonra o eli yine bebeğin başına götürdü. Odadaki diğer kadınlar bu sessiz töreni izliyorlardı. Dışarıdan gelen kömür kokusu, odadaki kirli çamaşır, kirli giysi kokusuna karışıyordu. İki kadın tek kelime edemeden her şeyi konuşmuşlardı. Emanet edenle emanet edilen arasında, iki ana olarak derin bir bağ kurulmuş, sözler verilmiş, yeminler edilmişti. Mesude avukatın söylediklerini aklına getirmemeye çalışıyor ama başaramıyordu. "Kadın da orada öldürülür büyük olasılıkla" demişti avukat. "Bu yüzden çocuğunu..."

İkindi ezanı okunuyordu. Cami çok yakınlarda olmalıydı, müezzinin sesi duvarlarda yankılanıyordu. Zilha ayağa kalktı, ikisi birlikte görevli odasına doğru yürüdüler. Koridorda kömür, ekşi ter, badana ve bir yerlerden gelen kahve kokusu vardı.

Zülfü Livaneli'yle
Balıkçı ve Oğlu Üzerine Söyleşi

Uzun bir aradan sonra *Balıkçı ve Oğlu*, yeni romanınız, okurla buluştu. Memleketin kanayan yaralarına bir bir dokunmuşsunuz bu romanla. Sizi *Balıkçı ve Oğlu*'na götüren dert neydi?

Bu hikâyeyi uzun bir süre önce yazmaya başlamıştım. Hatta ilk bölümü, "Yunuslar" adıyla *Cumhuriyet*'te yayımlanmıştı.

Araya başka bir roman girdi ama çeşitli nedenlerden bu kitabı daha önce yayımlamak istedim. İlk gençliğimden beri bir deniz romanı yazma hayalim vardı. Belki de ortaokul lise yıllarıma damga vuran Hemingway tutkusunun bir sonucudur bu. Biyografimi okuyanlar bilir. 60'lı yıllarda Ankara'da delice bir tutkuyla kitap okuyan bir çocuktum. Hayran olduğum yazarlar arasında Ernest Hemingway başı çekiyordu. Onun süsten ve laf kalabalığından arındırılmış, birçok şeyi sözle değil eylemle anlatan, "efradını camî ağyarını mani" roman anlayışından etkileniyordum. Büyük sanat yapıtlarında olduğu gibi; yazdığı cümlelerde bir buzdağının ucunu gösteriyor, alttaki görkemli dağı anlatmadan okurun duyumsamasını sağlıyordu. Sadece yazdığını değil yazmadığını da yaratma gücüne sahipti.

Roman Ege'nin sakin sularında geçiyor. Kendi halinde Balıkçı Mustafa'nın ve ailesinin hikâyesiyle o sakin sular kabarıyor, memleket meselesiyle de fırtınaya dönüşüyor. Romanda Mustafa ve Mesude'nin çocukları Deniz'i deniz alıyor... Sonra denizden gelen başka hayatlar oluyor. Bu hissi biraz bize anlatır mısınız?

İnsan soyu hikâye anlatmadan ve dinlemeden yaşayamaz. Mağara devrinden beri buna ihtiyaç duyuyoruz. Ölümün mutlak olduğunu bilinçle kavrayan tek canlı türü olarak, durmadan mitos yaratıyoruz. Destancılar, hikâyeciler, romancılar insana insanı anlatıyorlar. Çünkü diğer insanların hayatı bizi ilgilendiriyor. Romancı da yazarken kişileriyle birlikte yaşıyor, onlarla birlikte acı çekiyor, seviniyor, âşık oluyor, korkuyor. Daha doğrusu ancak böyle yazınca karakterler canlanıyor. Sanki çamurdan bir insan yapıp, içine can üflemişsiniz gibi. Eğer o can verme işini yapamıyorsanız, o insan çamurdan cansız bir şekil olarak kalıyor. Bu romanda da Mustafa ve Mesude'yi tanıyoruz, onların derdi bizim derdimiz oluyor.

"*Deniz ekmek kapısı, deniz hayat, deniz sevgili, deniz zalim, deniz suskun, deniz sevecen, deniz öfkeli...*" Romandaki tasvirler ve betimlemeler okuru o zamanın içine bırakıyor. Peki, siz yazarken o sularda, denizde boğulduğunuzu hissettiniz mi?

Boğulmak diyemem ama epeyce üzüldüm elbette. Zaten o göçmen botlarını, o felaketleri görüp de üzülmeyen insan olur mu? Hele hele romancı olur mu? Roman yazarının empati duygusu aşırı gelişmiş olmalı. Yoksa hep kendini anlatır ya da cansız kişiler çıkar ortaya.

Her romanınız mutlaka toplumsal bir meseleyle örtüşüyor. Bu toplumsal meseleleri anlatırken de ajitasyona yer vermiyorsunuz ve mutlaka mesafenizi koruyorsunuz. Dram ve trajediyi birbirinden ustalıkla ayırıyorsunuz. *Balıkçı ve Oğlu*'nda da aile ile başlayan dramı toplumsal bir trajediye dönüştürürken bu mesafeyi nasıl korudunuz?

Doğru söylediniz, ajitasyon romanlarını sevmem. Şu "mesaj" sözünden de hiç hoşlanmam. Roman, unutulmaz karakterle canlanır. Büyük romanlardan Raskolnikov, Julien

Sorel, Joe Christmas, Meryemce, Hayri İrdal gibi yüzlerce karakter kafamıza kazınmıştır. Bazı romanlar bunu başarır, bazıları başaramaz. İkinciler laf kalabalığı olarak kalır. İnsanı anlattığımıza göre elbette onu çevresi, koşulları, emeği, sevdası, çelişkileri, korkuları, zayıflıkları ile anlatacağız. Stendhal'ın deyimiyle romancı bir ayna gezdirir. Aynada neler görünürse onları yansıtır. Ve bunu bir mesafeyle yapar. İyi romanlar genellikle insanı dram anında anlatmaya başlar ama roman kişisinin dramıdır o, yazarın değil. Eğer yazar kendini duygusallığa kaptırarak anlatısını abartırsa, o kitap bir sanat yapıtı olmaktan çıkar, arabesk olur, melodram olur. Sanatçı ne yapıp yapıp eseriyle arasına mesafe koymalı.

Gelelim Mustafa'nın Denizini kaybettiği denizden gelen bebeğe... Türkiye'nin içinden çıkamadığı göçmen meselesine esaslı bir dokunuş yapmışsınız. Televizyonlardan kıyaya vuran bebekleri, insanları gördük. Adına ne dersek diyelim, Aylan, Samir, Hamid... Suriyeli, Afganlı, Pakistanlı... İnsanlığın –her anlamda– can çekiştiği bir noktadayız. Kapitalizm ağzını açmış beklerken, insan hayatının yok sayıldığı bir yerden dünyaya bakmak; sahte can yeleklerinin üretildiği, şişme botların insan taşıma kapasitesinde olmadığı, hayatların parayla satıldığı bir dünyaya nasıl bakmalıyız?

1970'li yıllarda Stockholm'de yazdığım *Bir Kedi, Bir Adam, Bir Ölüm* romanımda Bülent adlı bir akademisyen bir kehanette bulunur. İlerde Asya'dan, Afrika'dan insanlar şişme botlara, sandallara binecek ve Avrupa'ya göç edecek. Bunu durdurmaya kimsenin gücü yetmeyecek gibi bir kehanet: "*Açlık çeken ülkelerden insanlar sallara, köhne motorlara binecek ve Avrupa kıyılarını zorlayacaklar. Afrika ve Asya kıtalarının insanları, Avrupa'ya, Amerika'ya akacak. Bir süre sonra kimse başa çıkamayacak bu göçle.*" Bugün kehanet gibi görünen bu cümleler, aslında dünyanın gidişini okuyabilmekle ilgiliydi. Bugün her şey daha da kötü. Artan nüfus, yemeğe, ilaca, temiz suya erişimi olmayan milyonlarca insan ve pandemi döneminde bile milyar dolarlarını artıran, emek hırsızı küçük bir kesim. Dünya bu dengesizliği kaldıramaz. Kapitalizm, Marx ve Engels'in söylediği gibi kendi sonunu getiriyor ama dünyamızı da felakete sürüklüyor.

8 milyara yakın insan, hepimizi köleleştiren bir kapitalist diktatörlüğün saldırısı altındayız. Daha önceki çağlarda köleler ayaklarındaki prangadan köle olduklarını anlıyordu. Modern köleler ise kendini özgür sanıyor, çünkü beynine geçirilmiş prangaları göremiyor. Dünya, kapitalistlerin, halkını soyan diktatörlerin, yolsuz bürokratların korkunç hırsına engel olamazsa, göçler de sürecek, terörizm de, isyanlar da. Bir insanın, şirketinin trilyon dolar etmesi bir yana, kişisel hesabında 700-800 milyar dolar gibi bir para bulunmasının anlamı ne? Artı değeri sömürerek edindiği bu servet, eskiden olduğu gibi altın vs de değil, o parayı bile görmüyor. Sadece bilgisayar ekranında sıfırlar, sıfırlar, sıfırlar. Bütün kavga, dünya nüfusunun mahvolması, bebeklerin ölmesi pahasına o soyut sıfırları artırmak. Bana göre bu bir suçtur; devletlerin, belli bir limitin üstündeki kişisel servetlere izin vermemesi, düzgün vergi yasalarıyla sosyal adaleti düzenlemesi gerekir. Devlet bunun için var.

"Yeni Dünya" sistemi bize daha çok para kazanmayı, rakip olmayı, hırsı, ezmeyi, karşındakini küçük görmeyi öğretiyor. Romanda bir başka dikkat çeken nokta memleketin taşına toprağına göz dikmiş yiyiciler... Suyunu, ağacını, dağını, toprağını satan yiyiciler... Kentsel dönüşümle talan edilen kentler, siyanürlü altın aramayla yok edilen köyler, doğa, orman ve insan... Kazanan kim olacak? Direnenler mi, direnenlerin karşısında duranlar mı?

Elbette direnenler kazanacak ama acılı, sancılı ve uzun bir süreç bu. Medya sürekli olarak kitlelerin beynini yıkıyor, kapitalistlerin soygunlarını kolaylaştırıyor. Siyaset o şirketler tarafından finanse ediliyor. Korkunç rüşvetler dönüyor. Çürümüş yerel ve merkezi yönetimler, o insanlarla birlikte suç işliyor. Şu anda Türkiye ağır bir talan altında. Moğol ordusu bile bu zararın binde birini vermedi. Ülkenin hangi köşesine gitseniz bir talan, zevksizlik ve saldırı görüyorsunuz. Neo-liberal dönemin suçları bunlar. Dünya aklını başına toplarsa Marx ve Engels'i doğru dürüst okuyacak ve insanlığın geleceğini kurtaracak. Niye bu iki büyük düşünürü anıyorum? Çünkü çevre hareketleri güçleniyor ama henüz bir teorisi oluşmadı. Bu teori ancak Marx ve Engels'in bıraktığı yerden devam ederek kurulabilir.

Peki, burada Suriyeli göçmenleri değil Taliban yönetiminden kaçan Afganlıları ele almanızın bir sebebi var mı?

Bir sebebi yok. Göçmenlik o kadar zor bir yaşamdır ki hiç kimse gönüllü olarak bunu göze almaz. Kendi ülkesindeki savaştan, ölümden, tehlikeden kaçan insanların macerasını izliyoruz. Bir dönem ben de politik mülteci olarak yaşadığım için ne demek olduğunu çok iyi bilirim. Göçmenler arasında, ülkesine göre ayrım yapılamaz, yapılmamalı. Afgan bir anneyi seçişim sadece bir rastlantı. *Huzursuzluk* romanımda Suriye'den, Irak'tan gelen göçmenleri anlatmıştım. Bu kez bir Afgan. Hem romana göre o annenin Türkiye'de oturma izni alamaması gerekiyor. Bu durum da Suriyeli kardeşlerimize uymuyor. Çünkü onlar bu ülkede kalabiliyorlar. Keşke diğerleri de kalabilse.

Tüm bu konuların arasında aile ilişkisi, evlat edinme, kadınların bakış açısı, kadınların birbirini anlama içgüdüsü... Mesude'nin Zilha'ya karşı hissettikleri... Türkiye'de aile kavramı ve ilişkilere bakışınız nasıl?

Bizim güçlü bir aile yapımız vardı. Büyük acılar geçirmiş olan toplum, aile bağları sayesinde ayakta durabiliyordu.

Bugün ne yazık ki aynı durumdan söz edemiyoruz. Nüfus artışının ve plansız büyük göçlerin sebep olduğu değerler yıkımından, aile değerleri de payını aldı. Kadına, çocuğa karşı işlenen suçlardaki isyan ettirici artış, sarsılan aile içi ilişkiler, ensest, miras için işlenen cinayetler, insanın kanını donduracak noktaya geldi. Bu romanda, güçlü kadın karakterler olduğunun farkındasınız. Raziye, Mesude, Zilha müthiş insanlar. Zaten dünyayı erkekler bozar, savaş çıkarır, felaketlere neden olur, kadınlar ise hayatı devam ettirir, yaraları sararlar. Güçlü kadın dayanışmasını yazarken, bir anlamda da özlemimi ifade ettim.

Balzac'ın bir sözü vardır, "*Bugün aile yok, bireyler var*" der. Öyle mi sizce de?

Aile kavramını Engels'ten okumak daha doğrudur. *Ailenin, Özel Mülkiyetin ve Devletin Kökeni*'nde anaerkil aile dönemiyle babaerkil aile dönemlerini ve değişimi çok güzel anlatır. Aile hep vardır ama zaman ve sınıflara göre farklılaşır.

Mustafa ve Mesude'nin ilk kavgalarında ailede çatlama oldu. "*Aile kavgaları acı şeylerdir. Herhangi bir kural izlemezler. Ağrı veya incinme gibi değildirler. Daha çok, yeterli malzeme olmadığından hiç iyileşmeyecek derideki yanıklara benzerler*" der F. Scott Fitzgerald. Belki farklı şeyler ama en nihayetinde aile kavramı ve çatışma anlaşılması güç bir sistem...

Aileyi bir toplum prototipi olarak ele aldığınız zaman, kavga da kaçınılmazdır, sevda da, dostluk da, düşmanlık da. "*İnsanım ve insani olan hiçbir şey bana yabancı değildir.*" sözünün doğruluğu aile ilişkilerinde de geçerlidir. Bu ilişkiler doğrusal bir çizgi izlemez. İnişleri çıkışları vardır. Toplumlara ve kültüre göre de değişiklik gösterirler elbette. Marquez aile kavramını en iyi işleyen yazarlardan biridir. Ünlü romanında, yaşlanan Ursula'yı geniş ailenin yöneticisi, mutlak lideri olarak tanımlar. Bizde de böyledir. Yaş ilerledikçe erkekler biraz oyuncak olur, aileyi çekip çevirenler babaanneler, anneannelerdir. Feodal bölgelerde bile böyledir bu.

Zülfü Livaneli Tüm Eserleriyle İnkılâp Kitabevi'nde...

Prof. Onur Bilge Kula'nın deyişiyle "senfonik bir roman" olma özelliği taşıyan *Konstantiniyye Oteli*, İstanbul'da yüzyıllardır süren cümbüşü anlamak açısından Türk edebiyatında önemli bir yer tutuyor.

"Zülfü bu romanda inanılmaz ölçüler, olanaklar yaratmış. Her şey birbirine uyuyor. Edebiyatta görkemli bir söz vardır, büyük kapıdan girmek. Bu, büyük bir eserin yazarı demek. Zülfü büyük kapıdan bu romanıyla girmiştir." **Yaşar Kemal**